純潔の精霊王子と
ドラゴンとの密やかな誓約
ketsu no seirei ouji to
agon tono hisoyaka na seiyaku

純《じゅん》潔《けつ》の精《せい》霊《れい》王《おう》子《じ》と
ドラゴンとの密《ひそ》やかな誓《せい》約《やく》

水《み》無《な》月《づき》さらら
ILLUSTRATION：兼《かね》守《もり》美《み》行《ゆき》

純潔の精霊王子とドラゴンとの密やかな誓約

LYNX ROMANCE

CONTENTS

純潔の精霊王子と
ドラゴンとの密やかな誓約

プロローグ

アストリア王国に南の大国クラートス王家の末娘が嫁いできた。

世継ぎの王子は十七歳、王女は少し年かさの二十三歳。

盛大な結婚式が行われたが、若すぎる王子に夫となる心構えなど出来ていようはずはなかった。まだ初恋すら経験していなかったのだから。

輝くばかりに美しい妃《きさき》に内気な微笑《ほほえ》みを投げかけたものの、老齢の父王の掌中の珠《たま》として育った妃は幼いばかりの夫を包み込むような性格ではなかった。

「子供ね」

その一瞥《いちべつ》で王子は萎縮《いしゅく》した。

結婚式の夜以降、王子は妃の部屋を訪ねようとしなかった。

二人が城内で顔を合わせることはほとんどなかったが、まだ若いのだから…とアストリア国王夫妻は温かく見守ることにしたのだった。

ある日のこと、孤独な王子は一人城を抜け出し、王都の北側に聳《そび》えるアストラ山の方へと一角獣を走らせた——気晴らしの乗馬である。

山の中腹には掌《てのひら》を広げたような湖がある。

繋《つな》がった五つの湖は湧き水や雪解け水で満たされると、山肌を滑って四方八方に枝分かれした川となる。

有史以来アストリアの水瓶《みずがめ》は涸《か》れることなく、国土の隅々にまで水を届けた。

時は初夏、早朝だった。

湖は繊細なチュールレースのような霧に包まれていた。

王子が馬の背から降りたとき、その霧の中から微《かす》かに歌声が聞こえてきた。

（誰だろう？　優しい声だな）

近づいていき、湖の真ん中に位置する浮島にぼんやりと人の形を見た。

いや、人ではない。下半身が魚、上半身が楚々《そそ》とした美女の姿をした人外の者は、浮島に腰を下ろしていた。

水の精霊オンディーヌである。

滅多なことでは姿を見せることはない彼女だが、油断してしまったのは霧のヴェールと王子の穢《けが》れなき心ゆえだった。

王子の存在は精霊になんらの危機感も与えなかったのだ。

『あなたはだぁれ？』

歌い止《や》めて、オンディーヌは王子に問いかけた。

「ぼ、僕はフレゼリクです」

『迷ってしまったのですね、お可哀想《かわいそう》に』

気遣ってくれる優しい声音が王子の鼓膜を甘く震わせた。

精霊は湖を泳ぐと、王子が立っている水際までやってきた。彼女が水から上がったとき、魚だったはずの下半身は二本の足へと変わった。

淡い色の薄絹を身体に纏《まと》っていたが、そこから覗《のぞ》く手足、胸元の肌の青白さに王子はごくりと生唾を飲み込んだ――思いがけないほど艶《なま》めかしかった。

『……可愛《かわい》い人』

オンディーヌは微笑んだ。

『人間とまともに顔を合わせたのは百年ぶりくらいかしら』

精霊の美しさに打たれ、王子は跪《ひざまず》きたいような衝動に駆られた。

「ここにお一人でいらして、お寂しくないのですか？」

『寂しいわ。ときどき無性に人恋しくなります。でも、あなたはわたしがうっかり誘ったとしても湖に足を踏み入れてはいけませんよ。あなたに会うときは、わたしが水から上がりましょう』

「また会ってくださると？」

『あなたが水際まで来てくれるのなら』

王子の初めての恋だった。

初夏のその日から湖に氷が張る晩秋まで、彼は毎朝のようにオンディーヌに会いに出かけた。

水の精霊も初心《うぶ》な王子を愛《いと》おしみ、その想いに応えて、友だちから恋人へと関係を移行させた。長寿を生きた彼女にとって、王子の未経験ゆえのたどたどしさは新鮮だったのかもしれない。永遠の愛を捧げるという甘い言葉も、心からのものと信じることが出来た。

初雪の朝のことである。

オンディーヌは嬉《うれ》しそうに王子に告げた。

『わたしに子が出来ました。少し前からそうではないかと思っていたのだけど、もうこれは確実と言ってもいいでしょう。あなたとわたしの赤ちゃんよ』

「本当に？」

王子は驚きに目を瞠《みは》った。

「素晴らしくて、なんと言ったらいいのか……僕とあなたの愛の結晶ですね。でも、大丈夫なのですか？　あなたが出産のときに命を落とすようなら、子はあまり大きくならないうちに流してしまったほうが良いのかも」

稀《まれ》なことながら、古来より人間と人間以外の者との間に子が出来ることがある。

ただし、こういう異類が交わった結果としての出産は難しいことになりがちだ。生みの母を死なすことになりかねない。

『わたしは長く生きました。最後に本当に人を愛することが出来たのだもの、産みの苦しみも喜んで受けましょう』

覚悟の面持ちでオンディーヌは言った。

『子が生まれるまで、湖の中で静かに暮らそうと思います。いよいよ生まれる春まで、あなたは雪道の危険を冒して会いにくることはありませんよ。病気にならないよう、温かくしててちょうだい』

雪解けからしばらくして、彼女は産気づいた。

使いの白鳥に呼ばれて王子は駆けつけた。

恐ろしい陣痛にのたうちながら、脇腹に鱗《うろこ》の模様がある小さな青白い男の子を産み落とし、不死のはずの精霊は逝《い》った。

「おお、なんということだ。僕の美しい恋人オンディーヌが死んでしまった！」

アストラ山に若すぎる父親の嘆きがこだました。

＊１＊

晩夏の青空を伝書鳩《でんしょばと》が飛んできた。

良い知らせではない。

友好協定を結ぶために西の隣国サンガイア王国に向かう道中、王太子アルベルトがレジスタンスの襲撃に遭って彼らに捕らえられてしまったという。

そう書かれた紙面を目にするや、休暇で領地に戻っていたビューロー伯爵の次男オットーは出発した。現場となったリューネ山脈を目指し、愛馬の一角獣に跨《またが》った。

一角獣は一日で千里も駆けると言われる地上最速の騎獣である——移動なら翼があるペガサスのほうが速いが、いかんせんペガサスは人慣れしない。

痛恨の事態だった。

オットーは王太子の側近の一人で、近衛《このえ》隊の隊長を務めるが、たまたま父の伯爵と狩猟をするために休暇を取っていたところだったのだ。

伯爵は選《え》りすぐりの私兵を護衛に選び、オットーを追わせた。

彼らが出発して小半時もした頃、今度は東の国門から飛脚が走ってきた。

「一大事です！　カルトリオ軍が国境付近まで迫ってきていますっ」

「な、なんだと!?」

七十歳を超えるビューロー伯爵は顔を真っ赤にして立ち上がった。

「合戦の準備じゃ！　兵を集めろ」

東の国境を死守するのが、先祖代々辺境伯の名を欲しいままにしてきたビューロー家の責務だ。

備えは堅い。

カルトリオ共和国との境には、過去数百年かけて長々と築き上げた石造りの高塀がある。

巨大な国門にしても、三十人が力を合わせてやっと押し開けられるような頑丈さだ。滑車がない外側からはまず開けられまい。

急ぎ甲冑《かっちゅう》を着せられたものの、長男のエリアスは初めての戦争を前にしてぶるぶると震えた。怯えきった真っ青な顔はまるで少女のそれである。

この世に生まれて四十年余りが経《た》つというのに、どうしたことか、エリアスの外見は十代半ばほどにしか見えない。

可憐《かれん》な目鼻立ちに、長い艶やかな髪は銀色、潤んだ瞳はごく淡いブルー。背丈はそれなりだが、華《きゃ》奢《しゃ》な身体には甲冑がいかにも重そうだ。

そして、遅い成長の外見に合わせてか、中身のほうも幼い上に女々しいと思われていた。

老伯爵は溜息《ためいき》を吐《つ》いた。

「エリアス、お前が一人前に戦えるとは思っとらん。ビューロー家の跡取りとして、矢の一本くらい放ってみい。それが出来ないとしても、一応は戦場に顔を出して兵士たちを鼓舞してみせよ」

「この子には無理ですわよ！」

伯爵夫人は慈しみ育てた息子を抱き締め、首を横に振った。

「こんなに怖がっているんですもの、戦場になどお連れにならないでください」

「お祖父《じい》さま、僕が参ります！」

十二歳になるオットーの息子ヨナスが声を上げたが、これに伯爵は同意しかねた。

「戦場に子供を連れて行くわけにはいかん。遊びではないのだ」

結局、老伯爵は従者と私兵を率いて国境線に赴いた。

領地の人民たちも領主と国のために戦おうと武器を手にし、それに続々と従った。

戦力外とされたエリアスとヨナスは重たい甲冑を脱いで、城で一番高い塔に上って望遠鏡ごしに様子を窺《うかが》うことにした。

軍事国家カルトリオの兵士たちは、アストリアの国門と高塀に向き合ってずらりと分厚く並んでいた。アストリア軍も高塀の上に揃《そろ》い始めていたが、こちらは隙間なくというわけにはまだいかない。

頑丈な塀と門、大砲を頼みとするアストリア軍は、攻め入ろうとしているカルトリオ軍の四分の一ほどだ。守りのほうが有利とはいえ、さすがに兵の数に差がありすぎる。

不意打ちであった。

事前にカルトリオの動きを察することが出来ていたら、王都から正規軍を呼び寄せていただろう。そうでなくても、近隣の領主に兵を借りる算段をしていたはずだ。

とりあえずオットーの妻の実家シュペー家に鳥を飛ばして援軍を要請したが、彼らの到着がいつになるのかは分からなかった。もしかしたら、あちらも掠《さら》われた王太子の救出へと馳《は》せ参じたのかもしれない。

大砲を据えた上で、相手の出方を待っての睨《にら》み合いとなる。

「……なんだか大勢ヴァリエがいる気がするんだよな」

ヨナスの指摘に、エリアスはこくりと頷《うなず》いた——カルトリオ兵の一目見て分かる頑健さは尋常ではない。

ヴァリエというのは、人外の特徴を備えて生まれてきた超人のことである。

親の片方が妖怪・怪獣・霊獣・妖精・精霊…などだった場合、あるいは先祖にそれらと契った者がいたりすると、耳や歯や尾などに普通の人間には見られない形状を持った子供が生まれてくることが稀《まれ》にある。

ヴァリエの多くは人間よりも肉体的に強靭《きょうじん》にして長寿、異能を持つ者もいる。軍では有能な兵士として活躍することが多い。

しかしながら、平和な世の中にあっては、その存在は忌み嫌われ、不当な差別を招く。

理由の第一に、ヴァリエの胎児が母胎に大変な負担をかけ、出産時に多くの母親が命を落とすことが挙げられる。

母殺しの赤ん坊は父親に愛されず、幸せな子供時代を過ごせないことがままあった。

実際、成育環境の悪さのせいで荒《すさ》んだ性格となってしまい、ヴァリエの肉体と能力でもって犯罪に手を染める者が引きもきらない。

彼らの存在は潜在的な脅威だ。数は少なく、繁殖力も低いものの、能力的・体力的に普通の人間を凌《しの》いでしまうからだった。

よって、成長したヴァリエたちはその特徴や能力を抑え込み、普通の人間に擬態して暮らすことを強いられる。彼らが本来の姿を見せるのは、意識を失ったときやあまりにも感情が高ぶったときに限られた。

アストリア王国においても、数十年前までは多数のヴァリエが軍に起用されていた。

彼らは大いにその能力を発揮したはずだったが、さしたる理由もなく退役させられることが相次いだ。

クラートス王国から嫁いできた王妃が大のヴァリエ嫌いだったせいである。

彼女は軍からヴァリエを追い出しただけでは満足せずに、アストリア国から根こそぎ彼らを追い出したがった。

小さな罪——生来の姿をうっかり見せただけで捕らえられ、脅迫および挑発行為として、見せしめのように処罰を受けた者が幾人も出た。

行き場を失い、彼らはリューネ山脈に隠れ棲《す》むことになった。打倒アストリア王家、打倒ベルタ妃を掲げるレジスタンスの誕生である。

今回アルベルト王太子を捕らえたのは彼らであった。

王太子を人質に、レジスタンスは国王夫妻にヴァリエの権利を認めるように要求してくるに違いなかった。それが通らないとなれば、王太子は殺されてしまうかもしれない。

内乱と他国との戦争が同時に起きてしまうとは。

「た…大変だ」

エリアスは呻《うめ》いた。

繊細な心を動揺で波打たせ、淡い青色の瞳をしっとりと濡らす。

かつて彼は幼い頃の王太子と遊んだことがあった。くりくりした栗《くり》色の巻き毛とくるんとした睫毛《まつげ》がとても可愛らしい男の子だった。

国王フレゼリク五世が王太子を連れ、お忍びで何度かこの辺境の城まで訪ねてきたことがあったのだ。

王と伯爵は幼馴染《おさななじ》みなのである。ビューロー伯爵は少年時代に世継ぎの王子の遊び相手に選ばれ、王城で教育を受けた。

同じように、その滞在の際、国王は王太子の遊び相手にと伯爵の次男オットーを連れて行った。

あれから二十五年が経った。

王太子がとっくに大人だというのは分かっているが、それ以来会っていないせいなのか、エリアスの頭の中では相変わらずくりくりの巻き毛の幼い男の子のままだ。強面《こわもて》屈強なレジスタンスに捕らえられ、暗い牢《ろう》の中でしくしくと泣いているのではないだろうか。

前線から少し離れた城にいて、高みの見物を決め込んでいる自分がつくづく情けなかった。自己嫌悪に唇を嚙《か》み締めるものの、心身共にひ弱なエリアスに一体何が出来るだろう。

賢《さか》しげにヨナスが言ってきた。

「レジスタンスとカルトリオ軍、たぶん連携しているよね？」

「……おそらく」

否定は出来ない。

先に王太子救出のために兵を出したせいだろう、カルトリオ軍に相対するためのアストリア側の兵の数がどうしても揃わない。

アストリアの軍は二つに裂かれてしまっていた——西の端と東の端に。

それが彼らの狙《ねら》いだ。

レジスタンスとカルトリオ共和国の目的は一致しないこともない。前者は人権を求め、後者は領土拡大を狙っての戦いだったが、どちらもアストリア王室が潰れれば都合がいい。

「あ、来るよ！」

カルトリオ軍に動きが出た。

翼を持つヴァリエたちが飛び立って、高塀を越えようとしてきたのだった。

ビューロー伯爵自慢の弓隊がそれらを射落とす。

しかし、今後も空からの攻撃が続くとすれば、高塀や堅牢な門を頼みとした守戦ではいささか弱い。

危ういかもしれない。

見た目は少年だが、生きてきた年数分蓄えた知識がエリアスの小さな頭の中で渦を巻く。戦争とは、国力とは、武力とは……この状況を打破するにはどうしたらいいのか。

「ああ」

口に渇きを覚え、エリアスは喘《あえ》いだ——唯一思いついた手段はあまりにも荒唐無稽だった。しかし、可能性がある限りは試してみるべきではないのか。

「エリアス、大丈夫？　もしかして、具合悪くなってきた？」

ヨナスが渡してきた水筒を拒否すると、エリアスは塔の階段を下り始めた。

「待ってよ！」

ヨナスはすぐ後に続いたが、彼にエリアスの思考が読めるわけもない。

「僕らも地下へ隠れに行く？」

伯爵夫人をはじめとするビューロー家の女性たちや幼子たちは、とっくに城の地下にある壕《ごう》に隠れている。いざというときはそこから続く地下道を潜り、領地外れの森の中へ逃げ込める。

「隠れはしない。僕は助けを呼びに行くつもりだよ」

「お母さまのご実家の軍を案内するってこと？」

「違う」

丁寧に説明している余裕はなかった。

エリアスは馬屋に駆け込むと、最も筋骨逞《たくま》しいバルバロッサ号を選んだ。

少々気が荒く、乗り手に従順とは言えない馬だ。いつものエリアスだったらこの雄馬は避けるところだが、今は迷いもせずに自分を乗せてとある場所へ急ぐようにと心の声で命じた。

心の声とは——声を使わず、脳に直接メッセージを送ることだ。エリアス自身にもどういう仕組みなのかは分からないが、その方法だと相手に強く訴えることが出来た。

つもりはなくても、命令で縛ってしまうのかもしれない。

この辺りに満ちる緊迫した空気と火薬の匂いに察するものがあったのか、バルバロッサ号はエリアスの頼みを拒否しなかった。

背に跨るのを許し、城壁の西側に聳え立つウルトリア山を目指して疾走する。

ヨナスも適当な馬を選び、離れることなく後をついてきた――この少年は、身体が弱い伯父にいついかなるときも付き添うようにと言いつけられていた。

逞しい雄馬たちは険しい山道を物ともせずに駆け上がり、瞬《また》く間のうちに〝龍《りゅう》の巣〟と呼ばれる洞《ほら》穴《あな》の前に到着した。

内側からいびきのような気味の悪い音が聞こえてくる洞穴には、立ち入り禁止の札が立っている。

しかし、エリアスはそれを無視して騎乗したままで中に入った。

ドラゴンが眠っていると言われている洞穴だ。

もう数百年も姿を見られたことがないドラゴンは今や伝説上の動物と見なされ、最早誰もここが本当に龍の巣だとは思っていない。風の抜け方で、奇妙な音が鳴るのだという説明がついてからは尚更《なおさら》だった。

無数のコウモリが天井にぶら下がっている気味の悪さもあって、立ち入り禁止の札がなくても入ろうとする者は皆無である。

この逼迫《ひっぱく》した状況でなければ、臆病なエリアスは一歩たりとも中に入ろうとはしなかっただろう。

しかし、彼はここにドラゴンが眠っていると確信していた。

王太子を助け、なおかつカルトリオ軍を撃退しなければならない。そのためにはドラゴンの力がぜひとも必要だ。

ドラゴンこそは、この世界における最終兵器——魔法使いにしか操れない至上最強の動物だ。百五十年ほど前、彼らを自在に操った魔法使いたちは永遠の眠りに就いた。ドラゴンを兵器として駆使し、北の大陸をぼろぼろにした責任を取ったのである。

果たして、魔法使いではないエリアスにドラゴンを操ることは出来るだろうか。

年の取り方、幾つかの身体の特徴から考えてもエリアスは普通の人間ではなかった。その自覚はさすがにある。

たぶん何らかのヴァリエなのだろう。脇腹にある鱗模様から考えるに、魚か蛇か、その種の怪物が実親であるか、もしくは近い先祖にいたということだ。

わずかながらの異能もあって、魔法に似たことが少しは出来た——これまでの人生で、大して役には立ってはこなかったけれども。

（心の声を使えば、僕は大抵の動物に言うことを聞いて貰《もら》える。ドラゴンを目覚めさせることが出来たら、アストリアのために戦ってくれるように頼んでみよう）

入り口の明かりが届かなくなると、エリアスは携えてきたランプに火を灯《とも》した。

明るさを嫌い、コウモリたちがキーキーと抗議するかのような声を上げるのに首を竦《すく》めた。

ウルトリア山が地下に溶岩を滾《たぎ》らせているせいで、洞穴の内部は息苦しいほど温かで湿度が高い。

コウモリが棲むにはもってこいの場所だ。

彼らの餌となるナメクジがぬめぬめと岩肌を這《は》っているのを見ないようにしながら、エリアスは奥へ奥へと馬を進めていく。

地下水でぬかるんだ床が続いた後、水が引かず、池のように道を塞いでいる場所に行き着いた。深さはさほどでないようだが、バルバロッサは足を踏み入れるのを嫌がった。

しかし、エリアスにとって水を動かすのは容易なことだ。

手の動きを加えてイメージすると、温《ぬる》い地下水が左右に分かれてそこに道が現れた。

「うっそぉ」

ヨナスが少年らしい驚きの声を上げる。

そこから一度登り坂となって、馬が頭を下げねばならないほど通路の上下左右が狭まった。いびきのような音が徐々に大きくなってくるのに、目的地に近づいてきているのが分かった。

足元を気にしながら下っていくと、いきなり大きく開けた空間に出た。

「！」

エリアスとヨナスは息を飲み、二頭の馬はビィヒヒン…と嘶《いなな》いて後ずさった。

ランプを持ち上げると、三百人規模の宴会が出来そうな空間いっぱいに一頭のドラゴンが寝そべり、眠っているのが見えた。

鱗に覆われた赤い身体は巨大な蜥蜴《とかげ》といった形だが、違うのは脇腹から背中にかけて折りたたんだ翼が寄せてあることだった。

そして、武装もしていた。首や胸、脛《すね》などを守るために革の鎧《よろい》が巻かれていた。

エリアスは馬から滑り降りた。

ランプを掲げながら近づき、二本の角がぬっと生えている頭部を見た。

頭を守る鎧の下で瞼《まぶた》はぴっちりと閉じられており、半開きの大きな口から漏れ出ている規則的ないびきからして、目覚める気配はない。

呼吸のたびに鼻の穴が大きくなるのはユーモラスでないこともなかったが、親しみを覚えるには何もかもが大きすぎた。

(ど…しようか)

起こして、交渉しなければならない。

「こいつが味方になってくれるって?」

ヨナスに問われ、ごくりと生唾を飲み込む。

「寝起きが悪いタイプでないといいんだけど、どうかな」

「………」

交渉に至る前に食われてしまうかもしれない。

「戻ろうよ、エリアス。ドラゴンなんて扱えっこないよ。ね、戻ろう?」

ヨナスの促しに一瞬従いそうになったものの、エリアスは母国が大変な窮地に立たされていることを思い出した。他に打つ手がないと見て、ここに来たのではなかったか。

（王太子…アルビーを助けなきゃならない！）

実を言うと、エリアスには王太子が実の弟だという確信があった――曖昧《あいまい》な直感によるものではなく、知り得た事実の積み重ねとして。

自分が養子であることは、ずっと昔に使用人たちの会話を盗み聞いて知っていた。ショックでないこともなかったが、自分がヴァリエであるのを鑑みれば、わりとすんなり腑《ふ》に落ちた。

育ててくれた伯爵夫妻には心から感謝しているけれど、何も養子の自分を跡取りとして育てる必要はなかっただろうと思った。

彼らがエリアスを長男とした理由を考えたとき、見えてくることがある。

おそらく、エリアスは伯爵よりも高い身分の人物の子供だ。伯爵より高位で、子供を託せるほどの信頼関係で結ばれた人物となればかなり絞られてくる。

つまり、エリアスは国王の子供なのだ。

何らかの不都合があって――正式な妃ではもちろんなく、人外の者であっただろう母親が出産時に命を落とし、父親である王が赤ん坊を王城に連れ帰ったとして、まだ自分の子を産んでいなかったベルタ妃がエリアスを第一王子とするのを激しく拒んだであろうことは想像に難くない。

押しつけられた赤ん坊のエリアスをビューロー伯爵夫妻はしごく大切に育ててくれた。後から生まれた彼らの実子、オットーやゾフィーの兄として。

何かと身体が弱く、普通ではないエリアスの養育は容易ではなかったはずだ。

他人である伯爵家の人々に家族として受け入れられ、愛されたからこそ、名乗り合えない本当の父や弟を思うことが出来るのだ。

父は国王、弟は次期国王——アストリア王国にとってかけがえのない人物である。どうにかして守らねばならない。

たとえ命をかけても。

「戻らないよ」

弱気を振り払うようにエリアスは首を横に振った。

「ドラゴンにはなんとしてでも味方になってもらわなきゃ」

なけなしの勇気を振り絞る。

巨大な口から覗いている歯の鋭さに怯《ひる》みそうになりながらも、寝顔のすぐ前に立った——足がガタガタと震えた。

それでも、臆病な自分を叱咤《しった》して、ドラゴンの半円状に盛り上がった瞼に向けて掌をかざした。

自分でもよく分からない原理ながら、体内で作った水をそこから放つ。

ブシュ、シュユーッ！

ドラゴンの瞼が震えた。

徐々に瞼が引き上げられ、そこに現れた琥珀《こはく》色の瞳は最初のうちは茫洋《ぼうよう》としていた。

少しすると鋭い光が宿り、真ん前にいたエリアスを捕らえた。

あまりにも強い視線に、思わずエリアスは顔を背けてしまった。

『……オレの顔を濡らしやがったのはお前か？』

驚くべきことに、ドラゴンは人間の言葉を発した――いや、言葉は口から出ていない。頭の中に直接語りかけてきていた。

ドラゴンが心の声を使ったのだ。

エリアスはぎこちなくそうだと頷いた。

「め、目を覚まして欲しかったんです」

『何用だ？』

「せ…戦争が始まっています。お願いです、アストリア王国のために戦って」

『戦争？　まだそんな下らないことをしてんのか』

赤いドラゴンはふんと鼻を鳴らした。

エリアスは人間たちのために弁護した。

「ずっと…戦争はなかったんです、本当に。ひ…百五十年くらいは。でも、東のカルトリオにクーデターが起きて、軍が国を治めるようになってからはまただんだんと不穏に…――」

『ふん、なるほど』

短い説明だったが、ドラゴンは納得した。

『で、お前は誰なんだ？　魔法使い……――いや、やつらはもういないはず……使い魔のドラゴンたちを石にしてのけた後、お互いに術を掛け合って永遠の眠りに就いたんだからな。二度と戦争に利用されないように……って。やつらはオレを石にすることは出来なかったが、魔法で眠らせやがった。どうしてお前がオレを起こすことが出来たのか分からねえな。魔法は魔法使いにしか解くことが出来んはずだぞ』

「僕は水をかけただけ」

『聖水か？　ただの水ってことはあるまい』

「いえ、ただの水だと思いますけど……」

自分の体内に蓄えた水だとは説明せずに、エリアスは話を進めた。

「ぼ…僕は、東の国境を守るビューロー伯爵ハンスの長男です。そして、あの子は甥のヨナス」

『ほう。ならば、お前たち二人とオレは親戚ってことになるな。ドラゴンと契ってオレを産んだ女は、辺境伯ビューローんちの娘だったと聞いているからな』

「あなた、ヴァリエなんですか？」

見たところ、完全にドラゴンだ――交ざり合った感じはなく、純粋なるドラゴンに見える。

ヴァリエだというなら、人間の形に姿を変えることも可能なはずだが、この赤いドラゴンの人間への変化は想像がつかなかった。

図体があんまり大きすぎるのだ。

『ヴァリエだから、オレは魔法使いどもに使役されなかったんだ。お前だってヴァリエだろーが？』

琥珀色の瞳がエリアスを捕らえた。

身体ばかりでなく心までも見透かされそうで怖くなり、エリアスはじりじりと後ずさった。

「ぼ…僕は――」

分からないと首を横に振る。

本当の父親が誰であるかをきちんと知らされていないと同じように、母親が誰なのか――何者なのか知らされていない。

しかし、出生の秘密は今はどうでもいいことだ。

自分がヴァリエであるという事実より、国と王太子の危機をどうにかしなければならない。

「あなたも辺境伯の血筋ならば、アストリアのために、ビューロー伯爵家のために戦ってやろうという気にはなりませんか？」

『面倒臭ぇな』

ドラゴンは大きな欠伸《あくび》をした。

「そ、そう言わずに……」

エリアスは状況を並べた。

リューネ山のレジスタンスに王太子が掠われたこと、その直後に東のカルトリオ共和国の軍が国境に現れたこと……。

「王太子は僕よりも年下なんです。死なせるには若すぎましょう。そして、王太子妃はビューロー伯爵家の娘です」

『ほう』

一応の相槌《あいづち》は打ったが、赤いドラゴンはさしたる興味もないとばかりにもう一回欠伸をし、『腹が減った』と呟《つぶや》いた。

エリアスが何か食べるものを…と口にする前に、後ろ足に較べていくらか貧弱な——でも鋭く尖《とが》った爪がある前足で馬をぐいと引き寄せた。

止める間はなかった。

気の荒いバルバロッサの抵抗をものともせずに、その首を口に咥《くわ》えるや、バリバリと骨まで嚙み砕いてしまった。

「わ、わわわわ！」

ヨナスが声を上げるも、続けてヨナスが乗ってきたもう一頭をもドラゴンは食した。

そのイメージ通りの獰猛《どうもう》な食べっぷりに、ビューロー家の伯父と甥はただ啞然《あぜん》とするばかりだった。

小骨をぺっぺと吐き出し、ドラゴンは血にまみれた口で言った。

『まだまだ足りねえな』

じろりとヨナスを見遣《みや》るのに、エリアスは慌ててドラゴンの視界に飛び込んだ。

「お願い、この子は食べないで！　将来ビューロー伯爵になる子なんですよ」

『長男のお前が跡取りになるんじゃないのか？　もしくは、お前の息子が』

「爵位を継いだとしても、僕に子は作れません」

『ヴァリエでも子を作る者は稀にいるぞ。絶対ではないのに、なぜもう決まってるんだ？　アストリアは長子優先のはずだ』

「なぜって…僕は大人になれないからです」

ドラゴンは訝《いぶか》しげにエリアスを見た。

『大人になれない？』

エリアス自身にも答えられない謎だった。

生まれて四十年が経っても身体が少年期を脱しないのはなぜなのか、女性を格別好ましく思うことがないのはなぜなのか。

『……まぁいい、戦に負ければ伯爵位もへったくれもあったもんじゃねえしな』

「あ…あの、戦ってくださるんなら、僕を食べても構いませんよ。頭からでも、お尻からでも好きなところから……あまり食べ甲斐《がい》はないかもしれないけど」

改めて、ドラゴンはエリアスを舐《な》めるように眺めてきた。

『美味《うま》いのか？』

「た…たぶん」

『たぶん、か』

ドラゴンはくっくと笑った。

『食うのは後でいい。とりあえず、約束のキスでもしとくか』

「え？」

馬の血の汚れも気になるが、そもそもドラゴンの口はキスをするには大きすぎる。

我知らずエリアスが後ずさったとき、前方にあったドラゴンの輪郭が空気に滲《にじ》んだ……――みるみるうちに形が崩れ、場を圧していた存在感の質が一気に変わった。

（え？）

瞬き一つの間だった。

ドラゴンは人の形に変化した。

古風な赤い甲冑を身に着けた赤い髪、琥珀の瞳を持つ男である。背がすらりと高く、これまでエリアスが見たことがないほどの美男だった。

少し高めの頬骨と顎のラインは男性的だが、アーモンド型の目や鼻のラインは優美なくらいで、ぽってりと肉厚な唇が目を引いた。

それが馬の血で濡れていなかったら、彼があの巨大なドラゴンだったとは信じられなかっただろう。

年の頃は二十代後半くらいか。

美しい男はエリアスに近づき、ひょいと顎を持ち上げた。

「器量良しだな。名前は？」

深みのある男っぽい声だった。

「……」

圧倒されていたエリアスは、問いの内容まで理解することが出来なかった。

赤い髪の美男は苦笑した。

「名前を聞いているんだが？」

「……エリアス」

やっとのことで答えた。

「エリアスか。オレはルートヴィッヒだ。ルーイでいいぜ」

口角を上げた唇が柔らかく押し当てられたが、エリアスはまだ茫然としたままだった。キスされていると認識したのは血の味がしたからだ。

ビューロー伯爵家の馬の血だ。

しかし、吐き気を覚えたのは一瞬だった。

上唇と下唇を交互に啄《ついば》んでから、口腔《こうこう》に入ってきたルートヴィッヒの舌の動きに心臓が止まりそうになった。他人が自分の身の内に侵入してくる……――粘膜の触れ合いは初めてで、その生々しさをどう受け止めていいのか分からなかった。

しかし、不思議なことに嫌ではない。

彼が眩《まぶ》しいほどに美しい男だからか。

（……大人の口づけってこう？）

胸がドキドキしてきた。

同時に膝や腰のバランスが取れなくなって、ルートヴィッヒにしがみついていた。

やっと唇が離れたとき、エリアスは溜息を吐いた——息苦しさから解放されたというよりは、堪能したという実感で。

「こういうのは初めてか？」

琥珀色の瞳に尋ねられ、こっくりと頷いた。

胸に湧き上がってきた甘酸っぱい感情もまた初めてだった。一目で他人に魅了されてしまったことも、もちろん。

ふっと彼が笑った。

「悪かねえな」

その途端、かーっと頬や耳、首までが熱くなった。

「続きは後だ。そうだな、その貝殻みたいな右耳から食ってやろう」

ルートヴィッヒの値踏みするかのような下目遣いに、エリアスは自分を餌として差し出してしまったのを思い出した。

じりじりと後ずさる。

自分で言い出したこととはいえ、バルバロッサがされたように、生きたままあの鋭い歯でばりばり

と噛み砕かれ、食べられてしまうのかと思うと一瞬頭の中が白くなった。

　暗いトンネルを潜って胃袋に落とされ、どろどろに溶かされる恐怖と苦痛はどれほどのものか。

「……あ」

　右耳に手をやり、くらりと傾きかけたのをヨナスが支えにきた。

「大丈夫？」

「だ…大丈夫だよ」

「おじさん、エリアスを怖がらせないでよ」

「このオレ様をおじさん呼ばわりか、元気がいい坊主だなあ」

　ルートヴィッヒは笑った。

「せいぜい怖がってろ。そのほうがきっと肉が締まって美味になるからな」

　背筋がゾクッとした。

　しかしながら、怯えている時間などない。

「た…助けてくださるんですよね？」

　エリアスは念を押した――自分にそれだけの価値があるかどうか危ぶみつつ。

「ああ、やってみよう」

　ルートヴィッヒは再びドラゴンの姿に戻った。

　不思議なことに、エリアスにはこの小山のような獣形のほうが恐ろしくなかった。

『二人ともオレの背に乗れ。吹っ飛ばされねえように鬣《たてがみ》をしっかり掴《つか》んでろよ』

ルートヴィッヒは頭の角でヒビを入れ、洞穴の天井を一気に破った。

外に出た途端にウルトリア山が噴火の発作を起こしたので、傍目《はため》にはドラゴンが火山口から飛び出してきたかのように見えたかもしれない。

そのまま空高く上がると、噴煙ごしに国土の大半を見渡すことになった。

アストリア王国は緑が少ない。乾燥する夏には水不足となって野原はひび割れ、ときには森が丸ごと枯れることもある。

地下水を汲《く》み上げる井戸があちこちに掘られても、農地に撒布するには全く足りなかった。

食料の自給自足は難しく、北西を走るリューネ山脈などから産出する宝石や鉱石、石炭などを近隣諸国に売って外貨を稼ぎ、不足している食料を買っている。

ルートヴィッヒが言った。

『土地が乾きすぎているな……この時分、畑は青々としているはずだぞ。ここはどうやらオレが知っているアストリア王国とは違う』

「昔はこうではなかった、と？」

『緑豊かな農業国だった』

「想像がつかないな」

ヨナスが西の方を指差した。

「ねえ…なんか、お城の方でも戦ってない？」

レジスタンスはすでに動き出していた。

王太子を人質にするや、国王夫妻にヴァリエの権利を認めよと迫ったのだろう。しかし、交渉は上《う》手《ま》くいかなかったようだった。

エリアスは細くした目で、開かれない城門に群がる黒い点の集合体を捕らえた。

おそらくは武装したレジスタンスたちだ。

一方、東の国境の方では――カルトリオ軍が果敢に攻め、アストリア側が必死に応戦していた。

翼のあるヴァリエたちは弓隊に撃ち落とされたが、それならば…と今度は高塀に網梯子《はしご》をかけるべく大弓で側面に杭《くい》が打たれ始めた。

門が内側からしか開かないのならば、塀を越えて門を開きにいかねばならない。

辺境伯軍は網梯子を登ってくるカルトリオ兵をことごとく蹴落とせばいいが、逆に引き摺《ず》り落とされることもある。

戦争において、勇敢と無謀の差はあまりない。

「あ…あそこ！」

目聡《めざと》く、ヨナスが高塀を目指して疾走してくる一団を見つけた。

ヴァリエたちだ。

大型の猫科、狼《おおかみ》などの特徴を隠しもせず、ほとんど親や先祖と同じ姿となって、彼らは物凄《ものすご》いスピードで荒れ野を駆けていく。

ルートヴィッヒが飛んできた伝書鳩を爪に引っ掛けた。

その足に括《くく》り付けられていた小さな筒を上手く背中へと投げ、文書を読むようにとエリアスに言った。

エリアスは紙に目を走らせた。

悲鳴のように叫ぶ。

「あの走っている一団はレジスタンスだよ！　カルトリオ軍に頼まれて、内側から門を開けてやるために加勢に向かっているんだ。ああ、門が開けられてしまったら……」

カルトリオ軍は外側から高塀を攻め、注意を引きつけつつ、内側に援軍が到着するのを待っているのだ。

「ど…どうしようっ」

エリアスとヨナスは顔を見合わせた。

『やつらが上手くやれれば、カルトリオ軍が塀の内側にどっと雪崩れ込んでくるな。アストリアはじわじわ侵略されちまうだろう。やつらが西側に勢力を伸ばしたいなら、まずは五国に接するアストリアを手中に収めるのが良策だ』

ドラゴンのルートヴィッヒは少しも切迫感なく言ったものの、国境を目指すヴァリエの一団のところへ急降下した。

　降りてきた巨大なドラゴンを前にし、さすがの彼らも足を止めた。

「え？」

　伝説上の至上最強の動物である。

「……ド、ドラゴンなのか？」

「初めて見た。本当にいるんだな」

　ルートヴィッヒは視線を緩めずに尋ねた。

『お前たち、どこへ行くつもりだ？』

「どこへって……――」

　カルトリオ軍の援軍として選ばれた俊足かつ勇ましい少数精鋭の戦士のはずが、彼らはドラゴンを前にしおしおとなった。

　睨み返すことさえしない。

　肉食獣の多くは、相手が自分より上か下かを嗅ぎ分けるものなのだ。この世の動物の中で最強を誇るものに戦いを挑むほどの命知らずはいない。

　言うなれば、ドラゴンは全ての動物の頂点に立つ。存在だけで、否応《いやおう》もなく周りを黙らせてしまう――それはもう圧倒的に。

　王の中の王である。

　自分もまたそうした圧を感じながら、エリアスは思った。

（本来王はこうあるべきだ）

　自然に頭を垂れてしまうような尊さ。

　人間であるアストリア国王にはこういう迫力はない。だからこそ、こんな窮地に見舞われてしまったのかもしれない。

　至上最強の獣形ヴァリエとして、ルートヴィッヒは眼下の者たちに言って聞かせた。

『アストリアをカルトリオにくれてやろうって？　お前たち、母国を売るとは穏やかじゃねえな。どういう約束かは知らんが、お前たちが高い地位を貰うことはまずないぞ。カルトリオの戦う奴隷にされちまう。戦争に明け暮れ、傷だらけになり、アストリアの山中に隠れていた頃を懐かしみながら死ぬことになるね』

「そ…そんな！」

『王太子を人質にして、国王夫妻に権利を主張するというのは悪くねえ。取り引きとして成り立つ。しかし、カルトリオと組んだのは賢い選択とは言えんぞ』

　ヴァリエたちは狼狽《うろた》えた。

「……彼らには武器を…火薬を融通して貰った恩があります、簡単には裏切れません。わたしたちはどうしたらいいのでしょう？」

『そうだな』

ルートヴィッヒはヴァリエの戦士たちを一人一人見た——特別なことをしたわけではない、ただ鋭い視線をくれただけだ。

しかし、たったそれだけで彼らは戦意をすっかり失い、猛々《たけだけ》しかった獣形をするすると解いた。

『お前』

ルートヴィッヒはうちの一人に顎をしゃくった。

『お前が最初の鬼な。さぁどこへでも走って行きな。他のやつは二十数えたら追いかけるんだ。そして、一番に摑まえたやつが次の鬼だぞ。せいぜい楽しめ』

「あ…ハイ、仰せの通りに！」

ヴァリエたちは童心に返って鬼ごっこを始めた。

半ば啞然として、エリアスとヨナスはそれを眺めていた——ルートヴィッヒにかかれば、筋骨隆々たるヴァリエたちも人形のようなものである。

『これで良し』

ルートヴィッヒはそれを満足げに眺めやった。

『さあ、オレたちはまずは東の国境へ飛ぼう。内乱にじっくり取りかかるには、外からの干渉を取り除いといたほうがいい』

力強くまた空へと舞い上がる。

国境まで、あっという間だった。

彼は高塀に接するぎりぎりの高さを飛び、その恐ろしげな姿を百五十年ぶりに両軍に見せつけた。

キャアアア————ンッ！

わざと金属的な叫びを発し、大気と大地とを震わせた。

その場にいた全ての者の肌が総毛立つ。

カルトリオ軍は何カ所にもかけた網梯子で高塀に登ろうとしていたが、掠《かす》めるように飛行するドラゴンの翼にそれらをことごとく落とされてしまった。

さらに、赤いドラゴンはカルトリオ軍の頭上すれすれを飛び、風圧で彼らを薙《な》ぎ倒した。

恐れ知らずな軍事国家の兵士たちに動揺が走った。

「ビビッてる。あいつら、ビビッてるよ！」

ヨナスが歓喜し、エリアスの肩を揺さぶった。

「そ…そりゃね」

伝説上の最大最強の生き物が現実に現れたのだ、恐怖に捕らわれるのは無理もない。

空中を旋回してさらに不安を煽《あお》った後で、ドラゴンは対陣の後方に司令官らが詰めている天幕や食料庫のところまで飛んだ。

「ド…ドラゴン？　滅んだのではなかったのか」

「初めて見るが、想像以上にでかい」

「アストリアがドラゴンを持っているなんて、聞いてないぞ!?」

指揮官たちは喚《わめ》き合うだけで、もう戦略を立てるどころではなかった。

赤いドラゴンは天幕に向かって口から火を吹き、彼らをさらなる混乱に陥れた。どうにか火を消そうとするものの、近くに川はなく、この乾燥した気候は炎を大きくするばかり。

本部が燃えているのを目にすると、兵たちはアストリアの高塀に背を向けた。

「将軍さまはご無事か!?」

「ドラゴンが相手では勝ち目はないぞ！」

陣形はたちまち崩れ、もう戦争どころではない。

本部の火を消さねばならないのに、水はないとなれば……――この場を離れるしかない。粗暴で知られるヴァリエ兵らが尻込みするくらいだ、このドラゴンに立ち向かおうという者はまずいない。

『ま、こんなところかな』

ルートヴィッヒは今一度カルトリオ軍の頭上を旋回し、わざと叫んで威嚇《いかく》した後、ビューロー伯爵がいる高楼のすぐ側《そば》まで飛んだ。

「お祖父さまぁ」

ヨナスが伯爵に向かって手を振った。

辺境伯はドラゴンの背中に長男と孫の姿を見て、腰を抜かさんばかりに驚いた。

「ど…どうなっとるんだ？」

「エリアスがね、龍の巣で眠っていたドラゴンを起こしたんだよ」

「な、なんじゃと！」

「これから僕たちは王太子さまを助けに行くねーっ」

ビューロー伯爵の視線を受け、エリアスはそうだと頷いた。

臆病な長男のいつになく引き締まった表情に伯爵は瞬間的に唖然としたが、生唾を飲み込んで腹の底から言った。

「頼んだぞ！」

それに応えて、ルートヴィッヒが大きく叫んだ。

キャアアアア――――ンッ！

アストリア側は畏怖の念を、カルトリオ側は脅威を感じた。

ドラゴンの存在はそれほどまでに大きい。

国同士の戦争は短時間で終わった。

良くしたことに、アストリア軍の被害は些少《さしょう》で済んだのだった。

王太子が捕らえられているだろうリューネ山脈に向かう途中、王城の様子を空の高い位置から窺うことが出来た。

城はレジスタンスたちにぐるりと囲まれていた。

閉ざされた城門は国境の門よりも堅牢ではなく、逞しいヴァリエたちはそれを破るために台車へ巨大な丸太を載せ、打ちつける準備を進めているところだった。

内側ではどうにかして強引な開門を阻止しようと、近衛隊が庭石や馬車を手当たり次第に積み上げるなどしてバリケードを築きつつあった。

国王と王妃の姿は塔のベランダに見られた。

遠目であっても、二人の様子は対称的だった――絶対に引くな、ヴァリエを殲滅《せんめつ》せよと腕を振り上げているのはもっぱら王妃で、王の立ち姿にはおよそ生気がない。妃を宥《なだ》めることが出来なかったがゆえの意気消沈だろうか。国王は息子である王太子の無事を祈るかのように、胸のペンダントを握り締めるばかりだ。

エリアスの疑問をルートヴィッヒが言葉にした。

『なぜあの女は自分の息子の命を救うことを優先しないんだ？　いくらヴァリエらを嫌悪してようとも、ここは彼らの要求を飲むべきじゃねえのか。息子が殺されてもいいのか？　他に後を継げるような王子がいるのかよ？』

助けが来なくて、恐ろしい思いをしているだろうアルベルト王太子を思い、エリアスは焦燥感でいっぱいになった。

「こ…殺されていないといいけど……」

『どうだろうな。切り札が切り札ではなかったと分かったら、生かしておく必要もねえからな。全てはレジスタンスの連中がどれだけ国王夫妻を憎んでいるかによるのかもな』

「は…早く、行きましょう」

『そうだな』

王太子が捕らえられている場所については大体の目安がついていた。

東の原っぱでの鬼ごっこを命じる前に、ルートヴィッヒは国境の大門を目指していたヴァリエたちの頭からそこに至るまでの道程を読み取っていた。

リューネ山脈を目指して、赤いドラゴンはますますスピードを上げる。

屈強そうなヴァリエ四人が守るその山小屋に近づいたとき、周辺の茂みに隠れて潜入のタイミングを測っている救出隊の姿を見つけた。

父親の姿を見るや、ヨナスは大声で呼びかけた。

「父上ぇ、加勢に来たよー！」

ビューロー伯爵子息オットーはもちろんのこと、救出隊も、はたまたヴァリエたちも上空にいるドラゴンに気づいた。

太陽を背に羽根を広げた巨大な身体が、地面にこれまた大きな影を落とす。

当然ながら味方も敵もぽかんとするばかりだったが、最初の衝撃の後は、もっぱら見張りのヴァリエたちのほうに著しい動揺が走った。

これは脅威だ――彼らの野生の本能が、ドラゴンの圧倒的な強さを察知した。

ルートヴィッヒはわざと一声長々と叫んで、彼らの恐怖を決定的なものにしてのけた。

ギャ…ギャアアアァ――――ンッ！

小屋の後ろへ着地すると、鋭い爪で屋根をバリバリと引き剥いだ。

壁しかなくなった小屋を上から覗く。

そこには王太子と後ろ手に縛られた軍服姿の者が二人、ヴァリエらしき兵が三人、ヴァリエか人間かぱっと見には分からない二人の老人がいた。

全員が唖然としてドラゴンを見上げた。

「よくぞご無事で……！」

幼少期と変わらない栗色の巻き毛の王太子を目にし、思わずエリアスは涙ぐんだ。

「エリアスか？」

王太子が顔を向けてきた。

「はい、お助けに参りました」

ルートヴィッヒは不満げに鼻を鳴らした。

『なんだよ、やっぱりこの男が王太子なのかよ。エリアス、お前、自分より年下だと言わなかったっけ？』

彼としては十代前半の少年を救出するつもりだったのだろう。

無力な少年王太子だと思ったからこそ急いで駆けつけたというのに、当の王太子は鼻の下に髭《ひげ》を蓄えた威厳すらある大人の姿だった。

「年下ですよ。僕は四十歳だけど、王太子はたったの三十二歳なんだから」

『エリアス。お前、四十歳なのか？』

「ルーイだって相当な年齢でしょ。百五十年間ずっと寝てたんだし……」

『眠る前のオレは二百二歳だったよ』

　そんなことを言っている間に、小屋の中の八人全員が表に出てきた。すかさず外で見張りをしていたヴァリエたちが彼らの方へ駆け寄った。

　林に隠れていた王太子の救援隊は、どうすべきか迷っていた――ドラゴンが味方だというなら、この救出計画はもう白紙としてもいいのかもしれない。

　屋根なしになった小屋を間に挟む形で、ドラゴンとその他が対峙《たいじ》することになった。

　最も年かさの男がルートヴィッヒに向かって膝を折った。

「全動物の王たるドラゴンよ。お出ましになられたのは、我々の愚かな諍《いさか》いに呆《あき》れられてのことでしょうか」

『いかにも』

　エリアスとの会話とはうって変わり、ルートヴィッヒは重々しく答えた。

「お許しくださいまし」

　長老に倣《なら》い、全てのヴァリエたちが膝を折った。

「諍いは早急に終わらせたく存じます。我々は王太子さまと心ゆくまで話す機会を得て、ヴァリエへの差別を撤廃するとのお言葉を頂いたところでございます」

『話はついたと言うのだな。王太子アルベルトよ、これはまことか？』

　王太子はそうだと頷いた。

「全ての差別は愚かな偏見からきている。わたしはヴァリエは悪だと刷り込まれて育ったが、各地を視察するうちそうではないと感じるようになっていた。そして、ここへ来て彼らと話し、それが確信となった。ヴァリエの多くは優秀な人材だと思う。偏見は正し、差別はなくさねばならない」

『それでいい、次なる国王となるべき王太子よ。しかし、世継ぎのお前の母親は相当なヴァリエ嫌いのようだ。彼女をどう制する？　お前の命がかかっていようとその考えは曲げず、この世から全てのヴァリエを消し去ろうという勇ましさだが？』

「これを機に、母上には政《まつりごと》から退いていただく所存。そして、ここにいるレジスタンスの頭目とヴァリエの長老を新たに政務官として迎えようと考えている。いかがだろう？」

『悪くない…どころか、英断である。今の言葉、かつてこの国の宰相の座にいたこのオレ、レッド・ドラゴンのルートヴィッヒがしかと聞いた』

　ドラゴンはそう宣言した。

（さ、宰相だったの……？）

　エリアスは驚いたが、納得出来ないわけではなかった。

歴史を紐《ひも》解けば、さもありなん。最終兵器であるドラゴンを操る魔法使いは、王の助言者として側近くに仕える者たちだ。宰相を務めるのは必ず魔法使いだった。

ルートヴィッヒはビューロー伯爵家の出身で、かつ自身がドラゴンである。

人間に変化したときの彼は三十にも満たない若者に見えるが、実年齢は二百歳を超えている。その地位に相応《ふさわ》しい知恵者であってもなんら不思議はない。

急ぎ王城へ戻るために、ルートヴィッヒは王太子とレジスタンスの頭目、ヴァリエの長老に自分の背に乗るようにと促した。

『ヨナスの父も同乗するといい。そなたは王太子の側近なのだろう？』

「は、かたじけない」

『急いだほうがいいな。戦いが長引けば、ヴァリエのほうが有利となってしまうぞ。すでに国王が引き摺り出されていても驚きはしないがな』

ルートヴィッヒは皆を乗せ、王城に向けて飛び立った。

その背の上で、エリアスと王太子は改めて顔を合わせた。

「まさかエリアスが助けにきてくれるとは……！　ずっとずっと会いたかったよ」

「レジスタンスに捕らえられたと聞いたときは、生きた心地がしませんでした。どうにかルートヴィッヒの助力を得ることが出来て、こうして駆けつけられたことを嬉しく思います」

旧知の友として二人はひしと抱き合ったが、王太子の抱擁の思いがけないほどの強さにエリアスはたじろいだ。

「エリアスは何十年経ってもあまり変わらないのだな」

「お恥ずかしい限りです。心と比例するのか、外見の成長がゆっくりで……この通り、いつまでも大人になれません」

「それでいいんだろうな。エリアスは長生きなんだから」

どうやら王太子は知っているようだ――エリアスが何者なのか、誰の子供なのかを。

王太子はエリアスの目をじっと見つめ、手を握った。

「これからわたしは母と…もしかしたら父とも袂《たもと》を分かつことになるかもしれないが、エリアスはわたしの味方でいてくれるか？」

「もちろんです」

エリアスは請け合った。

「父のビューロー伯爵は国王に寄り添おうとするでしょうが、妹のゾフィーはあなたの妃ですし、弟のオットーはあなたの側近です。ビューロー伯爵家の未来はあなたと共にありますよ。このドラゴンのルートヴィッヒにしても、ビューロー家の娘が生みの母だったと聞きました」

「もちろんビューロー伯爵家との繋がりは強固だが、わたしにとってはエリアスが味方だというのが重要なのだ」

王太子のせっかくの言葉に、自分は何も出来ませんが…とエリアスは肩を竦めた。

「でも、いついかなるときもあなたの味方でありたいとは思っています」

情けないことだが、血の繋がった兄としてエリアスに出来るのはただ寄り添うことだけだ。守ることも知恵を授けることも出来ない。

それなのに、

「心強い」

そう言って、王太子はにっこりとした。


アストラ山の頂上を越し、王都まであと少しというところに来た。

下に涸れかけた湖の跡と思《おぼ》しき水溜《た》まりを認め、ルートヴィッヒが王太子に問いかけた。

『ここはアストリアの水瓶と言われたところだったはずだが、なぜこんな状態になっている？　そのせいで国土に緑がほとんどない。食料の自給自足が出来ていないとしたら大きな問題だ』

「仕方ないのだ、五大湖を守る精霊がいなくなったのだから……」

『オンディーヌが？　精霊は不老のはずだが……何かに絶望して、眠りに就いたとでも？』

「眠りに就いたのではない。彼女は…彼女は後を継ぐ者を残していったが、その者はいまだ目覚めてはいない。我々は彼が目覚めるまで待たねばならないだろう」

『ふうん』

納得したようなしないような返事をしつつ、国の宰相を務めたことがあるという赤いドラゴンは荒れた国土を横切った。

王都に到着したとき、門は丸太を乗せた台車によって破られたところだった。

近衛隊は突入したレジスタンスらに押されぎみだったが、まだ辛くも城内への侵入は阻んでいた。周辺地方からの援軍を待って、前庭でどうにか持ちこたえている。

塔のバルコニーにいる国王夫妻に向かい、レジスタンスたちは怒鳴っていた。

「国王、我らヴァリエはあなたの国民ではないのかっ」

「差別よりも活用の検討を！」

「我々は力尽くで権利を得たいわけではない!!」

しかし、そんな彼らに王妃は矢を射させるのだ。

「穢らわしき者どもめ！　わたくしはお前たちの存在を許すつもりはない」

矢は一人のヴァリエの目に深々と突き刺さった。

その者は歯を食い縛り、雄々しくも自ら矢を抜いた。

「うをぉぉぉ」

抜いた血まみれの矢を塔に向けて力一杯放つ。

驚くべき腕力だった。

矢はベルタ妃の肩先を掠めるところまで達した。

近衛兵もレジスタンスもおののいた。

「い、いいぞ！」

それがヴァリエたちの最後の躊躇《ためら》い――王族の命を奪うことへの抵抗感を、一気に取っ払ってしまった。

「アストリアの妃として、我らもあなたを認めないっ!!」

塔にいる国王夫妻に向けて次々と矢が放たれた。

側近たちは盾で彼らを守ろうとした。

そのとき、

ギャギャッ、ギャアアアアア――――ンッ！

鼓膜を裂くような咆吼《ほうこう》が空に響き渡った。

そして、ドラゴンの大きな翼が敵味方の区別なしに日差しを遮り、地面に巨大すぎる恐ろしげな影を落とした。

怖々と空を振り仰いで、人々はドラゴンを認めた。

「な、なんだ……まさかあれはドラゴン？」

「絶滅したのではなかったのか」

「でも、どこから現れた？　味方なのか、敵なのか……それとも？」

ルートヴィッヒはそんな一同の頭にその声音を響かせた。

『無益な争いは許さぬぞ、アストリアの民よ』

「お、おお」

圧倒され、ヴァリエたちは半ば反射的に平伏した。

人間たちは茫然と佇《たたず》んだ。

ドラゴンは塔の近くに着地すると、その背から王太子たちを降ろした。

一緒に降りてきた面々を見て、人々はどよめいた。貴族とレジスタンスが肩を並べるというのは、この数十年間には見られなかったことである。

国王がバルコニーから身を乗り出した。

「おお、アルベルトよ。無事で良かった！」

「父上」

王太子は国王を見上げた。

「レジスタンスはわたしを捕らえこそしたが、決して粗悪な扱いはしませんでしたよ。わたしは彼らと話す機会を得て、自分の無知を悟りました。父上、お聞きください。ヴァリエは決して知能が低い粗暴な者たちではありません。アストリアはヴァリエたちを国民の一員と認めるべきです」

国王はわずかに頷いた。

王太子は続けた。

「ドラゴンのルートヴィッヒが現れて、諍いを止めるように言いました。彼は、我らの祖先、戦上手で知られたヘンリク三世の宰相だった者のようです。そのルートヴィッヒを連れてきてくれたのが、ビューロー伯爵家のエリア……――」

「とんでもないっ。認められぬ！」

王妃が国王を押し退《の》けた。

バルコニーに身を乗り出し、叫び出す。

「王太子、そなたは騙されておる。ヴァリエどもは決してこの世に存在してはならぬ異形の者。一匹残らず始末して、国民を守るのが王家の務めぞ」

そのとき、赤いドラゴンの輪郭が揺らいだ。

「お、おお！」

小山のような身体が空気に溶けたが、一呼吸後に人間の輪郭が結ばれた。

ドラゴンが人間に擬態したのである。

赤い甲冑を身に着けた美丈夫の出現に、四方八方からの驚きの視線が集まってきた――凜々《りり》しく、また賢げな美男である。

溜息を吐かずにはいられない。

こうした賞賛を浴びるのに馴れているのだろう、ルートヴィッヒは役者のような優雅な仕草で挨拶してのけた。

「アストリア国王夫妻、初めてお目にかかる。王妃によると異形の者らしいが、わたしはヘンリク三世に宰相として仕えたドラゴンのヴァリエ、名をルートヴィッヒという。お見知り置きを」

しかし、王妃の目はルートヴィッヒではなく、その傍らにひっそりと立つエリアスに向けられていた。

「あ、あの子はもしや…——どうして、生きている？　なぜ…なぜ、国王、あなたはあの子を捨てたとわたくしに言ったはず！」

どういうことかと迫られ、王は苦しげに答えた。

「わ…わたしは捨てた。し…しかし、ハンスが……か、勝手に…勝手に拾い、育てたのだ」

「聞いてない、聞いておらぬぞ。国王は…わたくしに、またしても恥をかかせるのかっ」

「そんなつもりはない、聞いておくれ」

肩に乗せようとした国王の手を、王妃は穢らわしいと振り払った。

「なんという裏切りか！」

「王妃…ベルタよ、どうか落ち着いて欲しい。お前が憎むべきはあの子ではない。わたしとオンディーヌが…——」

みなまで王に言わせず、王妃は側近に矢を射るように命じた。

「消えろ、あやしき者め！」

矢を放つのが遅いとばかりに焦れ、地団駄を踏む。

そして、彼女は王の腰から剣を抜き取った。

エリアスに向かって投げつける。

「死ぬがいい！」

執念のお陰か、狙いも力も充分だった。

憎しみの視線に縫い止められ、エリアスは動けなかった。

（――僕の母親が、王妃を…アルビーの母を苦しめたんだな）

しかし、避ける必要はなかった。

ルートヴィッヒか誰かが異能を使ったのだろう。エリアスを狙って放たれた剣は、不自然な軌道でずっと手前の地面に力なく落下した。

「おのれ、おのれ……！」

美しい――かつては確実に美しかった顔をまだらな紫色に染め、狂おしい目つきをした王妃ベルタは、周りの者が止めるのを振り切ってバルコニーから飛んだ。

飛べるか飛べないかよりも、エリアスに摑みかかりたい一心だった。

「あぁぁ――っ」

もちろん、彼女は空を歩けるはずもなく、地に向かって垂直に落ちた。

王太子が飛び出していく。

「は、母上！」

ベルタが地面に打ちつけられずに済んだのは、ルートヴィッヒの翼が彼女を受け止めたからだった。

彼は左半身の一部だけを瞬間的にドラゴン化してのけた。

王太子は母親を抱き起こしたが、王妃は完全に正気を失っていた。虚《うつ》ろな目をして、呪詛《じゅそ》のようにヴァリエへの嫌悪を繰り返す。

「……バケモノの子——生まれてはならぬ異形の者、その母と共に地獄へ落ちよ……——」

「は、母上…」

王太子は痛ましげな顔をして、首を横に振った。

すぐに医師団が呼ばれ、ベルタは王城の中へと連れて行かれた。

長らくヴァリエたちの憎悪の対象だった王妃の狂おしい様子に、良くも悪くも辺りは騒然となった。喜ぶことも嘆くことも場にそぐわず、ただ想定外のことが起きたという興奮だけが渦巻く。

「さあ、国王」

ここを鎮めるようにと王を促したのはルートヴィッヒだった。

一つ頷き、国王は口を開いた。

「皆の者、聞いてくれ。わたしは王として恥ずべきことばかりしてきたことをここに認める。歴史には必ずや暗愚な王として刻まれるであろうな。それに異義を唱えるつもりはない。アストラ山の五大湖に住まう水の精霊に恋をし、国土を涸らしたのは大罪である。また、その恋愛によって誇り高い王妃の心を傷つけ、あまつさえ憎しみを自分ではなくヴァリエに向けさせてしまった罪も償いきれぬことである」

国王の懺悔《ざんげ》は延々と続き、退位したい旨へと移っていった。

誰もが厳粛な面持ちで聞いていたが、エリアスは涙を必死に堪《こら》えていた。ひたすら身の置き所なく、この場から消えてしまいたかった——自分こそが王の罪の子供であり、王妃の憎しみを一身に浴びるべき存在だという自覚があった。

（……そうか、僕の母は水の精霊か。精霊の子だったんだな）

水を操ることが出来るのはそのせいだったか。掌に水を湧き出させることが出来るのも。身体を動かすことは総じて苦手だったが、泳ぐことだけは誰に教わらなくても上手かった。

そういえば、小さかった頃《ころ》、エリアスが泣き出すと部屋中が水浸しになった。みんなが困るのを知って、涙を堪える術《すべ》を編み出したのは物心ついてすぐのことだ。

エリアスは初めて顔も知らない生みの母を想像した。

湖を守るべき精霊がその務めを捨て、なぜ人間との子供などを命を投げ打って産んだのか——愛ゆえと思いたいが、その愛が国土を干涸らびさせ、動植物の飢えを招いたのなら、美しい恋物語として肯定することは出来かねた。

愛に寄せる豊かなイメージは幻想に過ぎない。恋人たちの自己満足は、やがて周りに迷惑と不幸をもたらした……。

エリアスの思いを知ってか知らずか、ヨナスが傍らに来て彼の手をぎゅっと握った。

反対側にはルートヴィッヒが寄り添った。

「エリアス、お前は王の子か。王子だったってわけだな」

エリアスは首を横に振った。

「……僕はビューロー伯爵家の長男ですよ。そうとしか…思っていませんでしたし、そう育てられたんです」

最後に、国民の幸せを願うと言って王は話を締め括った。

いつの間にか夕暮れの時刻となっていた。

沈みゆく太陽が、赤々と王城を縁取った——長い長い戦いの一日がようやっと終わる。

「自分の非を認め、頭を下げられるのは立派なことだ。本人が言うほどの暗愚の王では決してないな。あのオンディーヌが惚《ほ》れただけのことはあったようだ」

そう感想を述べたルートヴィッヒは、どうやらエリアスの母親を知っていたらしい。

しかし、エリアスは彼に彼女について問う気にはならなかった。どうでもいい、と切り捨てるほど潔くもなれなかったが。

母親がどんな精霊だったかを確認する前に、そこにいる今や父親だとはっきりした現国王に目をやった。彼を素晴らしい人間、讃《たた》えるべき国王とみなすことはエリアスには出来ない。

自分の存在の罪深さに恥じ入り、寒くもないのに身を震わせていた。

数秒間の居たたまれない静けさの後、その場にいた者たちが口々に叫び出したのには驚かされた。

「アストリア王国、万歳！」

「国王さま、万歳！」

皆がそう口にし、手を挙げた——なんと慈悲深い国民であることか。

いや、そうとばかりは言えない。代々アストリア王が国民のために尽くし、概《おおむ》ね善政を敷いてきた結果だったとも言える。

国民の王室への信頼は薄くはなかった。

現国王フレゼリク五世にしても、日照りで自給自足が出来ないとなれば、周辺諸国から食料を買って国民を飢えさせないようにしてきた。また、各所に井戸を掘るように指導した。

ベルタ妃がヴァリエをリューネ山脈に追いやっても、山狩りをするなどの徹底的な排除はしてこなかったのだ。

「何百年経とうとも、アストリアの国民性は変わらねーな。明るくて、寛大だ。悪くない、悪くないぞ」

ルートヴィッヒが関心したとばかりに呟いていたが、その傍らでエリアスは国民の賑々《にぎにぎ》しい反応に首を傾《かし》げていた——これで万事解決なのか、と。

(国王とは…王家とは…——)

何のために存在するのか。どうあるべきなのか。

そして、王家に生まれたと分かった今、自分はどう振る舞うべきなのか。精霊の子供としての長寿をどう生きたらいいのか。

何も…何もまだ考えられない。

今の今まで誰も真実を教えてくれなかったことに憤りを覚えるも、本気で知ろうとしなかったのは自分だった。

（僕の存在って…なんだ？）

齢《よわい》四十にして、エリアスの自我はようやっと目覚めようとしていた。

＊２＊

辛くも他国の侵略と内乱を鎮めたその夜、エリアスは王城に泊まることになった——王太子にどうしてもと乞われたからだ。

ディナーに同席したのは、国王と王太子一家、ビューロー伯爵の名代としてのエリアス、そしてルートヴィッヒだった。

王太子妃となった妹のゾフィーとはずっと会っていなかった。

手を取り合って再会を喜ぶも、彼女はもう飛び跳ねたり、踊ったりするような感情豊かな少女ではない。八歳になるヨアキム王子と五歳になるイザベラ王女の厳しくも優しい母なのだ。

しかし、イザベラ王女はかつてのゾフィーのようだった。

無邪気に言った。

「あなた、お人形みたいにきれいね。本当に男の人？」

「男ですよ」

「わたしの王子さまにしてあげてもいいわ。お友だちになりましょ」

エリアスとゾフィー妃は顔を見合わせて笑った。

ルートヴィッヒが割って入った。

「小さなお姫さま、このオレはどうです？　あなたのナイトにうってつけかもしれない」

「あなたはダメよ」

王女は美男すぎる彼をちらとだけ見た。

「どうして？　オレはエリアスと同じくらい見映えのする男だと思うけどな」

「大きすぎるもの」

恥ずかしそうに身を捩《よじ》って、彼女は言った。

「大きい人はわたしのおままごとのお部屋には入れないの」

「なるほど」

気の毒に思ったのか、ヨアキム王子がルートヴィッヒの袖を引いて誘った。

「女の子の遊びなんかダメさ。僕と戦争ごっこをしようよ、ルーイ」

「王子は勇ましいことだ」

「もう一角獣にだって乗れるんだよ、僕。ポニーなんか直《じき》に卒業さ」

幼い子供たちのお陰で場は和んだ。

とはいえ、彼らも心得ていて、祖母である王妃はどこにいるかと口にするようなことはなかった。大人たちは心身共に疲労していたせいで食欲がなく、せめてぐっすり眠れるようにと最高級のワインが供された。

ルートヴィッヒだけがよく食べた。ナイフとフォークをきれいに操り、あくまでも品良く大量の食料を胃に入れていった。

「なにせ百五十年間何も食わずに寝ていたもので」

言い訳しながら、彼は次々と皿を平らげた。

寝起きに馬を二頭食べたではないかというエリアスの指摘に、ドラゴンの胃袋には全く足りなかったと彼は言った。

「お前に頼まれなければ、あのヨナスって坊主を頭から食ってしまおうかと思ったくらいだ」

琥珀の瞳をくるりとさせたルートヴィッヒに小さな笑みを返したとき、エリアスは助力の報酬として自分を差し出す約束をしたのを思い出していた。

「食べないでくれてありがとう」

(ドラゴン化した彼に、僕はバリバリと野蛮に食べられるんだろうか)

バルバロッサの断末魔の嘶《いなな》きが耳の奥に甦《よみがえ》り、エリアスは小さく身震いする。

しかし、その一方で、恐怖心を誤魔化すかのように与えられたキスの甘さも思い出していた。

あんな口づけは初めてだった。

（彼にこの身を捧げるのは辛《つら》いばかりじゃないのかな……？）

胃液にゆっくりと溶かされるのは甘美なのかもしれない。ドラゴンの血肉となって、彼と共に長寿を生きることになるのだ。

国王はワインを飲み干すと、もう休みたいと早々に席を立った。一人一人の頬《ほお》に口づけし、おやすみの挨拶を交わしていく。

エリアスにも同じように口づけが与えられた――ルートヴィッヒの心を掻《か》き乱されたそれとは違い、温かな父親のキスだった。

「今日はよく来てくれたね。きみは生まれて三日間だけこの城にいたんだよ」

「……残念ながら、覚えていません」

国王はそうだろうと一つ頷いた。

その眼差《まなざ》しに慈愛を見た。

それだけで、エリアスは赤ん坊の自分を側に置かず、ビューロー伯爵家に預けた父を許すことが出来ると思った。エリアスの生存を許さない王妃から守るため、彼はそうするしかなかったのだろう。

確かに国王は彼の父親だった。

「おやすみ、エリアス」

「おやすみなさい」

食事が済むと、エリアスは高位の客用にと整えられた一室に案内された。

リヴィングと寝室、さらに専用の浴室もあった。

案内の女性には、自分はこの部屋づきの給仕人なので遠慮なく呼びつけて何なりと申しつけて欲しいと言われたが、鈴を鳴らして頼んだのはバスタブに湯を張ってくれということだけだった。

湯を使い、寝台に置かれていた寝間着とガウンに着替えた。

疲れて頭痛がしていたが、まだベッドに入ろうという気にはなれなかった。サイドテーブルに用意されていたポットから紅茶をカップに注ぐと、それを手にベランダへと出た。

北の大陸の山岳地帯に位置するアストリアは、夏といえども夜は涼しい。

何事もなかったかのように、青白い月と星が瞬く夜空が頭上に広がっていた。

ビューロー伯爵の城がある東の方角に目をやると、時折パパッと火花が上がった。ウルトリア山の噴火がまだ落ち着いていないのだ。

（灰が森に降り注ぎ、また木や草が枯れてしまうかな。それらを食する動物たちが飢えるだろう。動物たちが飢えて死ねば、猟師が獲物を狩れなくなり……ああ、暖かい季節はまだいいとしても、その家の子供たちは冬越えすることが出来るだろうか）

エリアスの淡い瞳がしっとりと潤む——せめて湖に水が満ちていたなら、日照りが続いたとしても、冬の入り口に収穫できる植物がどうにか育つだろうに……。

自分の無力さが呪わしい。

（水の精霊が母だって？　僕には何が出来るんだろう。長寿は喜ばしいのかもしれないけど、四十年

経っても子供のままで何も出来ないのは辛い）

　ふとはためく音を聞いた。

　エリアスがいるベランダに向かって、ルートヴィッヒが飛んでくるのが目に入った。器用にも、彼は背中の翼の部分だけを獣化していた。

「こんばんは、エリアス」

　湯を使ったばかりらしく、ガウン姿で濡れ髪だった——羽根を出している関係でガウンの上半身は腰まではだけられ、男らしい胸板が露《あら》わになっている。

「邪魔してもいいか？」

　一応断りを入れるところは紳士である。

　考えてみれば、国王の側に宰相として仕えていたのだから、そういう弁《わきま》えがあるのは当たり前かもしれなかった。

　彼は相手によってちゃんと言葉遣いを変えている。

　エリアスが頷くと、ルートヴィッヒは傍らに降り立った。

「夕涼みかい？」

「ええ。長い一日だったなぁって」

「そうだな」

　彼は翼を引っ込め、ガウンの襟をきちんと整えて着た。快活そうな褐色の肌を白いガウンの清潔感が押さえ込むが、赤い髪の華やかさまでは封じられない。

　しんみりしているエリアスを慰めるかのように、やんわりと肩に腕を回してきた。

　その躊躇いのなさ、いかにも手慣れた仕草にはね除《の》ける必要は感じなかった。

　それよりも、肩を包む温《ぬく》もりにホッと息を吐き、エリアスは自分がいささか風に当たりすぎたらしいのを自覚した――と、くしゃみが出た。

「ハ、クシュッ」

　可愛いくしゃみだとルートヴィッヒが笑った。

　屈託のない笑いに親しみを感じ、エリアスは自分から口を開いた。

「あの…聞いてもいいですか？」

「んー？」

「あなたはドラゴンの姿で生まれたの？　それとも、ドラゴンっぽさがある人間って感じで？　完全に人間に擬態出来るようになったのはいつくらいでした？」

「そうだなぁ……生まれたときは、ドラゴンっぽい人間な感じだったと聞いている。背中に羽根があって、頭には角、肩から背中にかけて鱗があったらしい。完璧に人間に擬態出来るようになったのは……確か、十歳を過ぎたあたりだな。そこら辺は他のヴァリエたちと変わらない。まあ、制御するのには苦労したほうだったがな」

　そうだろうとエリアスは頷いた――強いヴァリエであればあるほど、その特徴を押さえ込むのは難儀らしい。

「僕はほとんど人間の姿で生まれたんです。だから、自分がヴァリエだという自覚に乏しくて……脇腹に鱗みたいな痣《あざ》があるくらいで、ヴァリエらしさはないんです」

「そうだとしてもおかしくはないな。精霊ってのは、見た目はほとんど人間と変わらないから。水を支配するために、むしろ人間から魚のほうへ化身する感じだろう」

「魚になれるなんて思えませんけど……。精霊とのヴァリエって、他に知ってます？　この先、僕はどういう過程を経て大人になり、最終的にはどうなっていくのか想像も出来なくて……」

「そもそも精霊が人間と恋仲になるなんてまずないからな。他は知らんよ。ま、なるようになるんじゃねえ？」

「そんな…適当に言わないでくださいよ」

「適当っつーか、オレだって自分がどう成長するかなんて分からなかったぞ。ドラゴンとのヴァリエも他に知らんからな」

「そ…そうか。ああ、そうですよね」

　二百歳以上を生き、さらに百五十年を寝て過ごした男は楽天的だ。

　ルートヴィッヒは思春期の終わりくらいまでは人間の子供とほぼ変わらなく育ち、そこから外見の成長がゆっくりになったという。

「戦うのが仕事だから、青年期が長いのかもな。もっとも、戦いで命を落とさなかったドラゴンの寿命がどれくらいかは分からないが……五百年か、もっとなのか」

俯《うつむ》いたエリアスに、そんなに深刻に考えるなよとルートヴィッヒは励ます。

「なるようになるって」

「……」

そして、お前の母親のことを知っているぞと言った。

「彼女から生まれたんだから、似た感じになるんじゃないのか。オンディーヌは純朴な少女みたいな外見をしつつ、瞳には何でも知っているかのような賢さとこちらを見透かしてくる変な凄味があった。そこに惹《ひ》かれてつい…な、オレも口説こうとしたことがあったわけだ」

「え？」

「小僧のときさ」

軽く笑うのみで、ルートヴィッヒはそれ以上詳しく語ろうとはしなかった。

「で、お前は大人になるのを恐れているのか？」

いいえ、とエリアスは首を横に振った。

「大人になりたいです、早く。役に立つ大人に…なれるのなら。今は子供でいることが苦しくて」

「なんだ、せっかくの子供時代を満喫したらいいのに。子供はいいぞぉ、何しても大抵は大目に見て貰えるからな」

「何かしたの？」

「まぁいろいろとな」

にやっと笑うルートヴィッヒには、さぞかし悪戯《いたずら》な子供時代があったらしい。

しかし、エリアスは首を横に振って、もう子供としては何もしたいことがないと言った。

「お前、精神的にはとっくに大人のつもりか？　それなら、後は肉体ってことになるわけか。そうだな……オレがお前を大人にしてやってもいいぞ。どうだ？」

耳たぶを噛まれるような近さで囁《ささや》かれた。

「約束のキスをしたよな？」

「……ぼ、僕を食べるって約束でしたよね」

ルートヴィッヒのくっくという笑いが鼓膜をくすぐる。

「美味いんだろ？」

「………」

「オレは飢えているんだ」

「さっき、たくさん食べてたのに……」

「胃袋は満たされた。今言っている飢えは、もっと別のもんだ。性欲が満たされない状態のことも、飢えるって言うだろ？」

エリアスは頷いた——ああ、そっちか…と。

文学的には見知った表現だったが、その状態を身をもって知っているわけではない。実際の行為に至っては完全に未知の領域だ。

とはいえ、成熟した人間たちが日常的に行っているという認識はある。

ルートヴィッヒは囁いた。

「約束だ、食わせろ」

「……」

「興味はあるだろ？」

エリアスはぶるぶると首を横に振った。

「素直じゃないな」

ルートヴィッヒは鼻で笑い、近々と寄り添われて敏感になりすぎている耳にふうっと温かい息を吹きかけた。

「……あ」

ぞくぞくと背筋を這い上がってきたもの…——怯えではないし、寒さでもなかった。

（まさか、期待している…とか？）

少年らしい好奇心が呪わしかった。

にわかに身体が熱くなり、膝や腰から力が抜けかけた。その頼りなさに、エリアスは思わずルートヴィッヒに縋《すが》りついてしまった。

こんな自分は知らない。

「まずはキスからだ」

顎を摑まえ、ルートヴィッヒは唇に唇を押し当ててきた。

（今度は…血の味はしない）

温かさと柔らかさに包まれた。

甘酸っぱい感情が湧く――否定的な気持ちにはならず、エリアスはせめてもの言い訳を探す。

エリアスはこれまで家族以外に口づけされたことはない。その点からすると、ルートヴィッヒもまたビューロー家に生まれた者だ。いわば家族である。エリアスが口づけを許すだけの繋がりはあると言ってもいい。

（……ビューロー家の者はみんな僕に優しい。ルーイはドラゴンだけど、優しく出来ないわけでもないみたい）

無意識にエリアスが唇を緩めたのを感じてか、彼は舌先を入れてきた。ぬるりと歯列を辿《たど》られ、あっと思ったときには口腔内へ。

舌を絡め取られ、思うさま蹂躙《じゅうりん》されて唾液が泡立つ。

粘膜の触れ合いに震えたのは心だった。

これは家族とする口づけではもうない。全然違う。

（誰も…今まで誰も、こんなふうには…――）

多くの人にエリアスはまだまだ子供だとみなされ、その人間離れした美しさから当たり前の人間らしい感情を持っているとは思われていなかった。

心を通わせる恋人どころか、友人すらいない。

孤独だった。

舌や唇でのやりとりに、エリアスは飢えていたのだと自覚する——誰かと一緒にいたい、寄り添いたいというひたむきな思いは心の底に沈んでいた。

年月の流れに乗っていけない自分は、誰をも引き止められないと思い込んでいた。いつか一人になってしまうのだから、誰かに執着しても無駄だという諦めの気持ちがいつもあった。

「……ルーイ」

「うん？」

促されたものの、自分が言おうとしていたことを忘れてしまった。

だから、もっと続けてくれと目で要求した。

「いい子だ」

髪を撫《な》でてくれる手の大きさが頼もしい。

いつの間にか抱き上げられ、寝室のベッドまで運ばれた。

ルートヴィッヒの重みを全身で受け止めながら、飽きずに繰り返される口づけを受け入れ、酔う。

彼の口づけが好きだと思った。

真似《まね》をして吸い返すと、唇を合わせたままでルートヴィッヒが笑った——いい感じだ、と。

そこから貪り、貪られして……多くの言葉を交わしたわけでもなかったが、彼のことを昔から知っているような気がしてきた。

「ねえ」

ようやっと唇を離したとき、エリアスはうっとりと言った。

「僕を、どこから…食べるつもりですか？　こっちの耳からって言ってたけど……」

「そうだな」

ルートヴィッヒはエリアスの右の手を取り、緩く握った指の関節一つ一つに口づけていく。

赤茶色の多めの髪に縁取られた顔は彫刻のように完璧だ。

濡れて輝く琥珀色の瞳には、油断ならない光がある——が、それは彼が肉を食べる動物だからだろう。捕らえたエリアスの動きを一瞬でも逃すまいという意思があった。

「お前としてはどこから食われたい？」

「わ…分かりません、そんなの」

急に怖くなった。

「僕は男だし……」

「オレくらい長く生きていると、性別はあまり気にならなくなってくる。女もいいが、男同士も悪くない。性別がないやつらもいるしな」

「いろんな種族と経験があるんですね」

「オレに食われたいのはどこだ？」

少し掠れた声で問われ、うなじがぞわりとした。

「ど…どこって…――」

エリアスはもぞりと膝を閉じた。

性行為のことは知識として知っていても、自分の身体の変化と向き合ったのは初めてだった。今やそこはただ排泄《はいせつ》するだけの器官ではない――この角度で排泄は無理である。

「ここだろ？」

率直なルートヴィッヒは、エリアスのそれを布の上から握ってきた。

「……っ」

「ちゃんと男だな、いいぞ」

きゅっきゅっと強弱をつけての刺激に、エリアスは喘いだ。気持ちいいのか悪いのか、怖いのか嬉しいのかさえよく分からない。

なにせ自分以外の者に触れられるのは初めてなのだ。自分にしてもそういう意図で触ったことは皆無だ。

「濡れてきたな」

「ぬ…濡れ、て？」

漏らしたつもりはない。

ルートヴィッヒはエリアスの膝に馬乗りになり、ガウンの紐を解きにかかった。貧弱な身体を露わにすると、細くした目で検分し始めた。

「……四十歳って本当か？」

　エリアスは頷いた――そうだ、と。

「ずっと少年のまま？」

「この十年くらい、外見はあんまり変わってない…です。背がちょっと伸びただけ」

「精霊は永遠の若さと美貌を持つからな」

「僕はまだ大人にならない？」

「まぁ、任せてみろ」

　大きな掌が首から肩、胸を触っていく……胸の突起を指で辿られ、摘《つま》まれると、思いがけない衝撃が身体を貫いた。

「ここにキスしてやる。そしたら、お前はもっと感じるぞ」

「……あ、あぁ」

　そっと吸われ、我知らず背を反らしていた。

　大きな掌が脇腹から腿《もも》近くまである鱗模様を撫で上げてくるのに、呼吸が大きく乱れた。触って欲しいところに近いが、ルートヴィッヒはわざとそこを避けている。

（さ、触って…欲しい？）

なんとはしたないことを。

身体の騒ぎに気持ちがついていかなかった。

そもそもエリアスは射精したことがない——そういう能力があるのかさえ、分かっていなかった。むしろ出来ないものとばかり思っていた。

胸の突起に吸いつきながら、ルートヴィッヒはエリアスの身体を手で辿る。どこも見られていないところがないはずなのに、エリアスは膝を重ねて閉じずにはいられなかった。

キスが胸から鳩尾《みぞおち》へと落ちてきた。

「足開けよ」

無慈悲にルートヴィッヒが言う。

「い…いや」

隠すために膝を立てた。

しかし、膝を立てるべきではなかった。裏側の隙間が無防備になってしまう。それを悟ると、今度はシーツに踵《かかと》を滑らせて、膝の角度を広げにかかる。

そんな自分の不様さに唇を噛んだ。

「いやってこともなかろうよ」

ルートヴィッヒはエリアスの表情を窺いながら、太腿や膝を大きな手で撫でていく。強引に開くことなく、何度も何度も繰り返し……。

ちゅっと膝頭に口づけされた。

「……はぁ」

溜息を吐くと、身体の力が抜けた。

わずかに開いた膝の隙間に差し入れられた手……——熱く感じるそれに、エリアスは自分から足を開いてしまった。きつく挟みつけていたものが勢いよく下腹にまで勃《た》ち上がる。

羞恥にまみれる間もなく、きゅっと摑まれた。

「いい子だ」

エリアスは息を詰めたが、すぐに最悪なことではないと分かった。

ルートヴィッヒに強弱をつけて握り込まれるうち、うねるような快感が先端目掛けて集まってきた。

危うさを感じつつも、押し寄せてくる熱い波に身を任せずにはいられない。

いつしか五感の全てで味わうために目を瞑《つむ》った。

浅い呼吸を繰り返す……——。

(あ…もう、はちきれてしまいそうっ)

ツキ…と瞬間的な痛みが走り、エリアスはぎょっとして瞼を引き上げた。

ルートヴィッヒの手にある自分のそれが目に入る。

「……か、形が」

露わになったザクロ色の亀頭が痛々しい。

ルートヴィッヒが言う。

「さして苦もなく剝《む》けたな。そうしたければ、お前はもういつでも大人になれてたんだよ」

「これで大人？」

「きれいな色だし、形もいい。悪くねえだろ？」

エリアスは首を横に振り、痛かった…と呟いた。

泣くほどの痛みではなかったはずが、涙が溢《あふ》れた――自分でも不思議だった、なぜ自分は泣いているのだろう。

「何が悲しい？」

伸び上がって、ルートヴィッヒがそのしょっぱい液体に唇を寄せてきた。

分からないと首を振る。

「まぁ、今日は一日いろいろありすぎたよな……感情的になるのも無理はねえ。だけど、こっから先は気持ちいいことばっかりだぞ」

「いい、の？」

「お前がいい子にすんならな」

「大人なのに、いい子にしろってなんだか変」

「そうかもな」

涙を吸い、ルートヴィッヒはこめかみにキスしてくる。

喉でくくっと笑った。

「期待していいぞ。大人たちが身体を重ねたがるのは、それなりの理由があるんだから」

胸の鼓動が早くなってきたのは未知なる行為への不安のせいだったはずが、このセリフの後からははっきり期待へと移り変わった。

再びルートヴィッヒが唇に彼のそれを重ねてきたとき、エリアスは柔らかく迎えた。キスにはもう慣れてきた。

ルートヴィッヒがエリアスの中心に動きを加え始めた。

わざと単調に抑えているだろう上下運動に慣れ、波状に伝わる快感を何度かやり過ごしながら、エリアスはルートヴィッヒの身体に手を彷徨《さまよ》わせた。

彼を知りたい――中身はもちろん、外側も。エリアスを大人にし、身体を重ねようとしている男は一体どれだけの男なのか。

翼を動かすためだろう、背中は広くて逞しい。長剣を振るうこともきっと容易《たやす》いはずだ。胸板は厚いが、腰に近づくに従って肉づきは薄くなる。

逆三角形の鍛えた男の身体は魅力的だ。

（僕もこんなふうになれたら……！）

嫉妬混じりの羨望に胸が熱くなった。

さらに手で辿った。

幾つかに割れた腹筋の下にあるもの――ルートヴィッヒの男の証《あかし》はすぐそこにあったが、それに触れるには少なからずの勇気が必要だった。

もどかしがって、ルートヴィッヒが迷っているエリアスの手をそこに導いた。

「っわ」

猛々しく反り返り、命そのもののように脈動しているそれ。

引っ込めそうになったのを許さず、ルートヴィッヒはエリアスの手の甲を自分の掌で包み、じわりじわりと握り込ませた。

「どうだ？」

「……す、すごい」

「お前と同じ形だ」

「か、形はそうかもしれないけれど……――」

手に余る大きさ、熱さに圧倒される。

今ルートヴィッヒは人型だったが、そこだけは獣のままに思われた――ドラゴンの無限とも言われる生命力を感じた。

気が遠くなりつつも、エリアスの足の付け根も萎えることはなかった。

それどころか、一層の興奮で脈打っている。まるで心臓がそこへ移ったかのように……。

ルートヴィッヒは半ば呆然としているエリアスを引き寄せ、そそり立った二本の肉棒を重ね合わせた。大きな手でまとめて摑み、リズミカルに動かし始める。

（し、信じられないよ）

正視することが出来ない。

目を閉じると、されていることが一層リアルに感じられてくる。彼の手の大きさ、温度、そして湿った音に鼓膜が熱くなった。

エリアスはされるがままだ。

ルートヴィッヒの逞しい胸に額をつけ、彼の腕にしがみつく。

「……うっ、う……ううっ」

張り詰めた下腹が痛い。

「達っていいぞ」

優しく囁かれるが、促しに従うことは難しかった。

自分が決壊寸前まできているのは分かっているのに、身体のどこに力を入れたらいいのか、あるいは抜いたらいいのかが分からない。

エリアスは出来ないと頭を横に振った。

「しょうがねえな」

おもむろにルートヴィッヒは身体を起こした。

手を離されてホッと息を吐いたのは一瞬だった。広げた足の間にしゃがみ込んだルートヴィッヒを見て、激しい羞恥に目の前が真っ赤に染まる。

「み、見ないで」

懇願するエリアスをルートヴィッヒは笑った。

「目を瞑ってたってやれるぞ」

先端がぬるっと包み込まれ……——ああ、とエリアスは思った。

(僕、食べられてしまった)

恐怖と絶望にまみれる前に、新たな快感に思考が飛びかけた。

ルートヴィッヒの温かい口腔と柔らかな舌にあやされ、瞬く間に頂点近くまで上り詰めてしまう。

その先の未知なる失墜に躊躇《ちゅうちょ》していると、後ろの密《ひそ》やかな間隙を鋭い衝撃が貫いた。

勢いを痛みとして感じた。

慎《つつ》ましく閉じていた場所に深々と入り込む硬い指——そして、確信を持って内部を刺激してくるのが熱い。

しかし、認めねばならない。熱と搔痒《そうよう》感の先にあるのは痛みではなかった。最も羞恥を感じる場所を暴かれ、貫かれるのは得も言われぬ快感だった。

「あっ、あっ、ああぁ……」

エリアスは首を左右に振って耐えようとしたが、いくらも保《も》たなかった。

「あ…ううっ」

放出する寸前にルートヴィッヒが口を離したので、勢い良く飛んだ体液が放物線を描く様を目にすることが出来た。

なんと奔放な……！

自分が知らない自分だった。

若草を手折ったかのような青い匂いが漂う。

温い液体に身体を濡らしてエリアスは半ば茫然としていたが、達したばかりで敏感になっている先端をぬるりと舐められたのにハッと我に返った。

ルートヴィッヒは一滴を惜しむかのように吸い上げ、ごくりと喉を鳴らした。

「……っ」

エリアスは紅《あか》い唇から辛そうな声を漏らした。受け止めきれないほどの刺激におののき、他に為《な》す術もなくシーツをきつく摑む。

まだ執拗《しつよう》に舐めながら、ルートヴィッヒは挿入した指を動かし始めた。

内壁を小刻みに擦《こす》り上げられると、一息吐く間を与えられないままにエリアスは再び高まった。

そこでルートヴィッヒは単調なリズムに見切りをつけた。

指を二本に増やしたのだ。

揃えた指二本を深々と差し入れ、ぎりぎりまで引いて…が繰り返される。

「う、うう…んっ」

最初の抵抗感を飲み込んでしまえば、うねるように湧いてくる愉悦を貪らずにはいられない。こんな場所に性的な快感があろうとは思ってもみなかった。

唇から漏れる声音が我ながら浅ましい。

そして、それ以上の刺激を求めている自分を認めずにはいられなかった。

「……やれそうだな」

ルートヴィッヒがうっそりと言った。

エリアスは自分の立てた膝の間に、ルートヴィッヒが唾液に濡れた唇を腕で拭うところを見た。

目が合って、ルートヴィッヒが問うてきた。

「どうだ、オレを好きになってきたか？」

美しい琥珀の瞳が誘惑してくる——目の前にいる者を捕らえ、やんわりと包み、隙あらば心にまで侵入しようとする大胆さ。

どうして彼を拒むことが出来るだろう。

ルートヴィッヒは自分の魅力に正直だ。美丈夫であることに誇りを持ち、無駄な謙虚さで自分を小さく見せようとはしない。

エリアスは言った。

「最初から、好き…だったと思う」

「オレを怖がっていただろう？」

「だって、ドラゴンを見るのは初めてだったもの……でも、だいぶ馴れてきた。たぶんあなたは誰よりも僕を理解してくれる人だ。僕を孤独なままにしておかない。そうでしょう？」

「オレたちが一緒に何が出来るか知りたいか？」

エリアスはこくりと頷いた。

「ふふ、お前は素直だ」

ルートヴィッヒは傍らに寝そべり、エリアスにキスした。

深い口づけにも馴れてきた。

隙間なく唇を合わせた上で、舌で探り、ねっとりと絡ませる。そんなキスがもたらす効果にも馴染みつつある。

頬が燃え、忙《せわ》しない鼓動に呼吸が撥《は》ねる――性的な興奮に直結した身体をルートヴィッヒに押しつけ、エリアスは無意識に彼を煽った。

ルートヴィッヒが身体を起こし、再び足の間にきた。

容赦なくエリアスを折り曲げるので、密やかな場所が露わになった。

疎いエリアスも何をされるのかはおよそ想像がついていて、そこにルートヴィッヒの反り返った先端が押しつけられても飛び上がりはしなかった。

(でも、は…入るわけな…――う、ううっ。あぁ、信じられないよ)

入ってくる、入ってくる。

充実した肉棒はじわじわとエリアスに侵入してきた。一番太い部分の通過を果たすと、そこからはほとんど圧迫感も苦痛もなかった。

苦痛どころか、指で探られて知った快感のポイントを擦られるのをエリアスは期待した。

「……痛いか？」

快感しか与えないと言い切ったくせに、聞いてくるルートヴィッヒに優しさを感じる。

「そうでもないよ。だけど、ここまでルーイでいっぱい」

エリアスは胃の辺りに掌を当ててみせた。

ルートヴィッヒはくっと歯を見せて笑った――少し獰猛な感じがする笑みだったが、彼らしいと思った。

「上々だ！」

そう高らかに言ってから、彼は腰を使い始めた。

思うさま揺さぶられ、内壁を擦られながら、エリアスは押し寄せる快楽の波を何度となく越えた。

ルードヴィッヒの逞しい二の腕をぎゅっと摑んで。

薄く開けた目でルートヴィッヒの汗に濡れた美貌を認めては、彼に快さを感じさせている自分に満足を覚えた。

孤独に渇きかけた心に温かい水が満ちていく……。

（僕は一人じゃない）

今はルートヴィッヒと誰よりも近い。

（すごい。身体で彼と愛し合うことが出来てる）

愉悦の浮遊感の中で、エリアスは解き放たれた自分をイメージしていた。柔らかく、温かな水の中を泳ぐ——手には水かき、腰から下は魚になって。

ドラゴンも水浴びをするだろうか。

するとしたら、巨大な身体の周りでずっと戯れていたい。眷属《けんぞく》である魚たちと一緒に。

（す…好きだ）

エリアスは囁いた。

「……ルーイ、あなたが好きです」

真剣な告白だったのに、ルートヴィッヒは笑うだけ。

感傷が言わせたのだと思われたのだろうか。

しかし、今のエリアスは自分の気持ちを言うのに精一杯で、望んだ答えを貰えていないことを気にする余裕はなかった。

探るように、抉《えぐ》るように変則的だったルートヴィッヒの動きがだんだん単調になり、エリアスはその瞬間を無意識に求めた。

吐き出す呼気に嬌声《きょうせい》が混じる。

「あ…あっ、あ、あぁぁ…——！」

達した直後に目を開き、ルートヴィッヒを見上げた。

美貌を取り巻く赤い髪が炎のようで、尖った喉仏で低く呻いた彼は雄々しく、また滅多にいない美しい男だ。

（ル、ルーイは？）

身体の奥深くでルートヴィッヒが熱く弾けたのを感じながら、エリアスは切なく思った。

（……彼が僕と同じ気持ちならいいのに）

同じではきっとない。

さっき手にしたはずの万能感はもう消えてしまった。

これほどの美丈夫である。その永遠とも言える人生のうちにはどんな出会いがあり、素晴らしい経験があったのか。

生まれてからの大半を引き籠もっていたエリアスにはとても想像がつかない。

そもそも初恋は実らないものだと聞く。

ルートヴィッヒががっくりと身を伏せてきた。その重みを受け止め、濡れた背中に手を回しながら、エリアスは泣けてくるのを堪えていた。

少し顔を上げたルートヴィッヒが指摘する。

「おい、また泣きそうだな。なぜだ？　オレは痛くしたか？」

ううん、とエリアスは首を横に振った。

痛いところがあるとすれば、それは身体ではなかった。

しかし、まだルートヴィッヒはエリアスの中にいて、二人は緩やかに繋がっていた。

エリアスは言った。

「これから…僕の人生はちゃんと始まるんだろうけど、今はルーイとずっとこうしていたいよ。ダメかな？」

「可愛いことを言う」

ルートヴィッヒが笑いながら口づけてくると、エリアスはそれを歓迎した。

自分から舌を差し出し、甘噛みされることを喜んだ。

（ドラゴンの歯が今はこんなに優しい）

逞しい馬のバルバロッサがどんなふうに食べられてしまったのかを思い出し、にわかに込み上げてきた畏怖の念にエリアスは小さく震えた。

内部でぐぐっとルートヴィッヒの質量が増した。

「……締めつけてくれる」

言われて、頬が熱くなった。

熱くなったのは頬ばかりではない。

気づいたルートヴィッヒがエリアスの前を握り締めた。強く弱く何度か握り込まれると、じわっと先端が緩んできた。

「まだ夜は永《なが》い」

ルートヴィッヒが囁いてくる。

「なにせオレは百五十年ぶりなんだ。いいだろ？」

エリアスは嬉しかった。

こういうときにすべき仕草も知らず、技術も持っていなかったが、ルートヴィッヒの逞しい首にかけた指先で少し押した。

「ね…、きて」

獰猛そうな笑みを見たと思ったと同時に、おもむろに突き上げが始まった。

太い肉で狭い場所をぎりぎりまで開かれ、荒々しく貫かれる危うさに身悶《みもだ》えながら、エリアスはドラゴンが馬を喰《く》らう様を再び思い出していた。

あの大きな白い牙。

（僕のことも食べ尽くして）

強者の糧となる快楽に酔う。

被虐的な悦《よろこ》びに胸を反らし、甘い声で喘ぐエリアスは、母である水の精霊オンディーヌの淫蕩《いんとう》な身体を受け継いだことをまだ自覚してはいない。

＊

エリアスが目を覚ましたのは、翌日の昼近くになってからだった。

「お目覚めで…いらっしゃいます？」

躊躇いがちのノックに「どうぞ」と返事してしまってから、エリアスは自分が裸だということ、床に二人分のガウンと室内履きが投げ出されていることに気づいてしまった。

これでは掛け布団の中から出られない。

入ってきた部屋づきの給仕は、まだ成人に満たないような若い娘だった。しかし、顔色一つ変えずに床からガウンを拾い上げ、ベッドのカーテンごしに挨拶してきた。

「お起こししてしまい、申し訳ございません。王太子さまが昼食をご一緒したいとおっしゃっていまして、お支度いただかなくてはなりません」

「お湯を…浴槽に溜めてくれる？」

「かしこまりました」

娘が浴室に入ったのを見るや、エリアスはベッドを抜け出して素早くガウンに身を包んだ。慌てたせいでルートヴィッヒのものを着てしまい、床につく裾の長さに閉口する。

彼の残り香に包まれながら、エリアスはかの男は裸でこの部屋を出たのかと首を捻《ひね》った。

「いつ起きたんだろう……？」

いつ終わって、自分がいつ寝入ったのかエリアスは覚えていない。二回りも大きなルートヴィッヒにずっと抱かれていたはずだった。

『疲れたか？』

最後に聞いた声が耳に残っている。

「……あ」

足の内側を伝い始めた液体に気づき、エリアスはガウンの布地でその辺りを押さえた。

ルートヴィッヒが放出した体液だと思うと、昨夜の一々が思い出され、目眩《めまい》がしてきた。気が狂いそうな甘ったるい快楽の中で、自分は何度も達《い》ったし、彼もまた同じだった。

（初めてだったのに……）

痛みも抵抗感も本当に最初だけだった。

ルートヴィッヒの促し方が上手かったのか、それとも自分がそういう性向なのか——いや、きっと二人の相性が良かったのだ。

「浴室のお支度が調《ととの》いました」

「うん、ありがと」

給仕と入れ替わりに浴室に入っていく。

ガウンを脱ぎ捨て、布を張った衝立《ついたて》の向こうにある浴槽に向かう途中でふと振り向いた。水差しと洗面ボウルを置いた小机の上に鏡がかかっている。

湯気に曇った鏡面に映った自分の姿が目に入った。痩せて肩が尖った体型はいつも通りだったが、青白い肌に点々と赤い痣を認めた。

口づけの跡だった。

銀色の髪に淡いブルーの瞳……全体に鮮やかさに欠ける身体に、その赤い色は目立った。

たちまち白昼夢に陥りそうになったのを頭を左右に振ることで掻き消し、エリアスはざんぶと浴槽に飛び込んだ。

（僕は…どこか変わったかな？）

温かい湯に抱かれて落ち着きを取り戻してから、改めて自分の手足、その他を検分した。

正視に堪えない内股近くにある噛み跡を無視するも、脇腹にある鱗模様がいつもより色濃く浮き上がって見えるのに気づいた——エリアスが水の精霊の落とし子であるという証。

温かい湯とその浮遊感を楽しみながら、忽然《こつぜん》とエリアスは自分の可能性に気づいた。

これまでも小量の水を動かすことは出来たが、自分がその気にさえなれば、もっと大量の水を動かすことが出来ると思った。

たとえば、地中に留《とど》まっている水を吹き上がらせたり、空に浮かんだ雲が溜め込んでいる水を降らせたり……気力と体力がともなっているときなら、きっと必ず。

その水を溜めた湖の中を自由自在に泳ぎ回る自分を想像する。どこからか色とりどりの魚たちが集まってきて、競うようにして歓迎してくれるところまで見えた。

「あ」

浴槽に伸ばしていた下半身が、魚のそれに変わった。

二本の足は虹を帯びた玉虫色の鱗にすっかり覆われ、その先には使い勝手の良さそうな半透明な尾《お》鰭《ひれ》がついていた。

確かに、エリアスはヴァリエだった。ついに水の精霊オンディーヌの息子だということを身をもって理解するに至った。

せっかくだから、下半身全体で湯の表面を大きく一回弾いてみた。バシャッと浴槽の縁まであった湯の三分の一が浴室の四方八方に飛び散った。

真上に飛んだ水は虹色の玉となって、ぱらぱらとエリアスの上に降り注ぐ……。

（……きれいだ）

面白くて、何度か同じことをした。

浴槽に湯がすっかりなくなると、エリアスは下半身を元に戻した。戻すこともわけはない。

「……どうかなさいましたか？」

衝立の向こうから、部屋づきの給仕が声をかけてきた。

飛び散った湯で濡れた張ってある布に映ったシルエットは小柄な少女のそれである。そんな彼女があの寝乱れ、体液にまみれたベッドを片付けるのかと思うと羞恥に頬が焼けそうになったが、いつ呼ばれても対応出来るように控えの間にいた彼女はおそらく全てを察しているに違いなかった。

なんでもないと答えると、彼女はここに新しいガウンを用意したと言ってきた。

「お着替えは寝室のほうに揃えてございます。なにかお手伝いしましょうか？」

「今はいいよ。上がったら、飲み物をくれる？」

「レモン水をお持ちいたしましょう」

「いいね」

立ち去りかけたのを「ねえ」と呼び止めた。

「ルーイはいつ起きたの？　今はどこにいるか知ってる？」

「ルートヴィッヒさまは明け方にドラゴンのお姿でどこかに出かけられまして、お戻りになられてからは国王ご一家と朝の食事をなさいました。今は王太子さまとご一緒に会議に出ておられます」

「ふうん、そうなんだ」

ならば、ルートヴィッヒは眠らなかったのかもしれない。

（目覚めるまで一緒にいてくれたらよかったのに……）

ルートヴィッヒの腕の中で目覚めたかった。

エリアスにとっては特別な一夜だったが、悲しいかな、ルートヴィッヒにとってもそうだったとは言えない。

彼は百五十年寝ていたが、それ以前にも二百年ちょっと生きてきた。ルートヴィッヒの相手としてエリアスはきっと役不足だ。

（僕は何も知らない。だって、全てがこれからなんだもの）

もう失恋したのだろうか。

口惜しさに、エリアスはきゅっと唇を噛み締めた。


用意されていた衣類は随分と上等なものだった。

アルベルト王太子が若い頃に着ていたものだろうか、刺繍《ししゅう》に使われている金糸は王族だけに許される装飾だ。

食事が用意されている部屋に案内されて行くと、ルートヴィッヒと王太子が先に来ていて、二人は窓辺に立って談笑中だった。

華やかなルートヴィッヒと理知的な王子の並びは絵になっていた。二人とも背が高く見映えのする容姿なのに加え、自信に溢れた男盛りだ。

「……お待たせして申し訳ございません」

エリアスが声をかけると二人は振り向き、王太子のほうがエリアスに近づいてきた。

「よく寝ていたね、昨日大活躍だったからきっと疲れていたんだろう。目覚めるまで待っているつもりだったが、そしたら明日まで目覚めないかもしれないと思い、つい起こしてしまったよ」

「こんなに…寝坊してしまい、面目ございません。お許しください」

エリアスは王太子の肩ごしにルートヴィッヒを見たが、口元に薄笑いを浮かべた表情からは王太子が昨夜の二人を知っているのかどうかは窺い知れない。

「わたしに対して礼を取る必要はないよ、兄上」

「そ…そういうわけには……――」

エリアスは腹違いの弟に手を引かれ、セッティングされたテーブルの上座についた。

ルートヴィッヒと王太子もそれぞれ席につき、三人での食事が始まった。

王太子とエリアスは食前酒を一杯だけにしたが、ルートヴィッヒは杯を重ね、昨夜に引き続き旺盛な食欲を見せた。

そのせいで食欲が減退したのか、どうなのか、エリアスは三皿目の魚のポアレはどうしても手が出なかった。

共食いになるからな、と言ってその皿をルートヴィッヒが掠《さら》っていく。

「うん、美味い。昨日から思っていたが、なかなか腕のいい料理人がいるようだな」

舌鼓を打つ彼に王太子は言った。

「これを毎食味わえるんだ、ルーイはここに住んでも損にならないだろう？」

「王城は狭いからな……どこか壊しそうで、うっかりドラゴンになれないのが面倒だ。ただ山脈にあったオレの宮は壊れていて、すぐには棲めそうもない有様なんだよなぁ」

「山脈のどの辺りだ？」

「それは教えない」

「工夫を遣わすというのに」

「ドラゴンの住み処《か》は秘密なんだ。ぼちぼち自分の好きなように整える」

「必要なものがあったら遠慮なく言って欲しい」

「そこは頼りにしているよ」

やりとりからして、エリアスが寝ている間に二人はすっかり打ち解けたようだった。

（ルーイは城で働くつもりなんだ）

エリアスが東のビューロー伯爵領に戻れば、なかなか会えなくなってしまう。

ドラゴンの翼ならひとっ飛びでも、王都と国境の領土は普通の馬では休みなしで三日三晩、一角獣の足でも半日近くかかる距離である。

ルートヴィッヒにその気がないなら、続けられる関係ではないということだ。

明日は帰ろうと思っていたとき、王太子に明日は王都を馬車で巡ろうと誘われた。兄上と呼びつけられ、どうしてエリアスに断ることが出来るだろう。

「た…楽しみにしています」

「干ばつに強い作物を求めて、品種改良の実験をやっているところがあるんだ。まずはそこだ。それから、我が国最大の輸出品である宝石のデザイン工房も見て欲しいな」

「今後はアクセサリーの製作までするんですか？」

「今はまだ技術者が揃わないが、いずれは…と考えて工房の支援をすることにしたんだ。原石よりも宝飾品のほうがずっと高く売れるからね」

食料の自給自足が出来ないアストリア王国は、諸外国から不足している食糧を買わねばならない。輸出入のバランスを指導するのも王の仕事だ。

デザートの頃になって、エリアスは自分が王太子を差し置いて上座に座っていたことにやっと気づき、飛び上がりそうになった。

(兄として立ててくれた？　でも、次はすぐに気づいて断らなきゃ)

それにしても、本来上座に座るべき人の姿が見えない。どうされたのだろうか。昨日の今日だ、寝込んでしまっていたとしても不思議はなかった。

「あ、あの…国王さまは？」

エリアスの問いに、王太子とルートヴィッヒは顔を見合わせた。

促すかのようにルートヴィッヒが頷くと、王太子は口を開いた。

「国王…父上は、もう王都を発《た》ったよ」

「え？」

「ビューロー伯爵領内に、かつて王族が避暑に使っていたウルスラ城がある。そこで隠居すると言って、今朝方出発されたんだ。オットーが息子のヨナスと共に同行しているよ。まだ正気に戻らないが、王妃も連れて行った」

「そ…そう、ですか」

それなら、自分も一緒に帰郷すべきだった。

エリアスがそう言うのに、王太子は「それはダメだ」と首を横に振った。

「エリアスはここにいなければならない」

「……」

エリアスは首を傾げた。

「父上は王冠と一緒に手紙を置いて行かれた。それには自分が退位すること、空いた王座には長子にして精霊のヴァリエとして生まれたエリアスを就かせることを望む、と」

「ぼ、僕を？」

「そうだ」

「そんなの…無理だよ」

エリアスはいやいやと首を横に振った。

病弱で成長が遅く、ビューロー伯爵家の長男としての役目すら果たせなかったというのに、一国の王になれだなんて冗談にもならない。

「誰も納得しない」

「いいや、悪くない案だと思うね」

ルートヴィッヒが割って入り、請け合った。

「不当に差別してきたヴァリエを国民として抱えるにあたり、差別を推進してきた王妃の子であるアルベルト王太子が王座に座るのを喜ばしく思わない者は少なくないかもしれない。その点、国王の子として生まれながら、公表もされず、辺境で育ったヴァリエである第一王子エリアスが王として立つのはヴァリエにとって希望になるだろう」

「でも、僕はそんなふうに育てられてはいない…です。王さまの仕事なんて分からないし、出来ませんよ」

　思わず、エリアスは立ち上がった。

（絶対に無理だ！）

　その場から逃げ出そうとするのを、ルートヴィッヒがやんわりと後ろから抱き締めた。

「大丈夫だ、オレや王太子がいるぞ。いつもお前の左右にいてやる」

「い…いつも？」

　エリアスが振り向く。

　上目遣いで見上げたのを、琥珀の瞳が「ああ」と受け止めた。

「だから、お飾りでもいい。お前が王座に就くことに意義があると思え」

「意義なんて…――」

「あるよ」

　王太子が深く頷いた。

「アストリアは新しく歩き出さねばならない。父上がエリアスを次代の国王に…と指名したのは、やむなく王城で育てられなかった第一子への償いの気持ちからではない。そこは誤解してはならないところだよ」

「それでも、冷静に考えて…僕は国王には相応しくないと思います。僕は長生きのようだけど、多くのヴァリエと同じように生殖能力は低いはず…――」

言いながら、本当にそうだろうかと思った。昨夜はルートヴィッヒに導かれ、ちゃんと青臭い体液を放出することが出来た。

「とにかく国王は次の国王を産み、育てなければならない義務があるはずです」

「エリアスがヴァリエで、かつ長寿だということが重要なのだ。長い在位の王は一貫した方針のもと、国に安定をもたらすことが出来る。ヴァリエたちがアストリア国民として馴染むにはそれなりに時間がかかるだろう。だから、エリアスを国王に望む」

「王太子はあなたでしょう、アルビー」

「懐かしい愛称だ。呼んでくれて嬉しいよ、兄上」

王太子は微笑んだ。

「わたし、息子のヨアキム、そのまた息子…と、我が血筋は国王に寄り添って生きればいい」

「そ、そんな…――」

首を横に振ってエリアスは尻込みするが、すぐ後ろにいたルートヴィッヒが許さなかった。片腕で抱きながら椅子を引き、エリアスを再びテーブルにつかせた。

「要するに、お前は国が落ち着くまで王座を温めればいいんだよ」

彼は軽々しく言ってのけた。

「その後で、国王やってんのに飽きてきたら、そのとき横っちょにいるだろうアルベルトの孫だか曾《ひ》孫《まご》だかを後継者に指名して、とっとと隠居したらいいのさ」

「後はよろしくって？」

「ああ」

とりあえず、エリアスはまだ手をつけていなかったデザートのケーキを口に運んだ。

昨夜ルートヴィッヒの手で大人になり、初体験を済ませただけでなく、人生は一変しようとしていた。ビューロー伯爵家の無力な養子が、国王として求められるようになったのは不思議すぎる。

（なにか…間違ってるよ）

しかし、右手を伸ばせば同じ父の血を引く弟がいて、左手を伸ばせば一夜を共にした男がいる。彼らが側にいるなら、王座もそう悪くないのではないだろうか。

（この楽天的な考えは、平常の僕ではないよね）

慎重にならなければいけない。

飾りとしての王であっても、国の方針を自分の名前で出すからには責任がある。

「エリアス」

戸惑ったままのエリアスを王太子が呼んだ。

「こっちを向いて」

彼は腕を伸ばし、エリアスの口元についていたクリームを指で拭った――幼い息子や娘にしてやるように。

「実を言うと、もう会議には通したんだ。エリアスが寝ていた午前中に、政務官たち全員を招集したんだよ。もちろん、ヴァリエのリーダーと長老も加えてね……そうしたら、一人の反対もなかった」

「………」

「結局のところ、父上は国王として全《まっと》うな判断が出来る方だった。みんなにそう思われていたのだと改めて分かった」

「……アルビーは国王になりたくないの？」

王太子は答えなかった――彼はそうなるように育てられ、国王になることを当然として生きてきたが、レジスタンスに捕らえられたときに国を治めることの難しさを目の当《ま》たりにした。

彼は誰にも明かさなかったものの、激しい憎悪を向けられたショックをまだ消化しきれていなかった。

王太子に代わって、ルートヴィッヒが言った。

「王は国民に望まれて立つべきだ。今はお前が望まれているんだぜ、エリアス」

「……ルーイは僕に務まると思ってるの？」

「務まるさ」

ルートヴィッヒは琥珀色の瞳でエリアスを捕らえた。

「余計な心配はしなくていい、オレがついてるから」

自分が全て取り仕切ってやる、と彼はその情熱的な美しい目で語った――昨夜だってそうだったろう、と。

（違う！）

国政と性愛を一緒にされたくはない。

しかし、白昼夢のようにルートヴィッヒとの営みが頭の中で展開した。彼に身を任せるのは危ういようで、実はエリアスへの気遣いに溢れていなかったか。

ルートヴィッヒは見事に自分を抑制し、エリアスの初体験を素晴らしいものにしてくれた。一緒にいる間ずっと快楽しかなかった。

「ルーイは……――」

エリアスはいっそルートヴィッヒに恋人になってくれる気はあるかと聞いてしまいたかったが、この明るい昼食のテーブルでするにはあまりに愚かしい質問だった。

（僕は何を言おうとした……？）

ルートヴィッヒが恋人になってくれるなら、アストリアの王座に座ってもいいと言ってみたら良かったのに…と思ったのは、ずっと後――もう日付が変わろうという夜中だった。

＊３＊

フレゼリク五世が王都を出てから、十日目が新王の戴冠式と決まった。

内外からの干渉があった直後なので、空位期間の危機感は誰にとっても大きく感じられた。王座を長期間空けるのはよろしくないとされたのだ。

早速前王の隠し子であるヴァリエの王子が王位を継ぐというおふれが出され、エリアスは形ばかりの準備だけでその日を迎えることになった。

国民はエリアスの誕生秘話に添えられた肖像画を眺めては、いささか人間離れした美麗な容姿を褒めそやしたり、万物の祖の一人である精霊の子供が正しくない行いをするわけがないから、明るい次代が来るに違いない…など概ね反応は悪くなかった――が、これまで冷遇されてきたヴァリエが優遇されるようになって、威張り出すのではないかと危惧する者もなかったわけではない。

一方、ヴァリエたちの多くはエリアスに期待を寄せながらも、あれほどの差別が一気に解消されることはないだろうという悲観的な予想をする者もいた。

式典の時に纏う衣装のために寸法を測られながら、あるいは仮縫いをされながら、エリアスはアルベルト王太子からは帝王学を、ヴァリエの長老からは国の歴史…というように、王城に詰める国の重鎮たちから直々に国王が持つべき知識を伝授されたが、いまだ戸惑ったままの頭には入り難《にく》かった。

やたらと水を口にし、休憩を取った――もともとエリアスは乾燥に弱い。定期的に水分を摂《と》らないと、いきなり高熱を出すことがある。緊張や焦りのせいだろう、普段よりも喉が渇いて仕方がなかった。

興味がない内容、小難しい話に耳を傾けるのは疲労が溜まる。

その日、エリアスの瞳から理解の光が消えるのを見るや、側に控えていたルートヴィッヒは講義を遮った。

「お疲れのようだ。今日はこれまでに」

「しかし、戴冠式はもう……――」

「王座に就いてからでも充分勉強する時間はあるだろうよ」

「ですが！」

気分転換をしようぜと言って、ルートヴィッヒはエリアスを馬車で連れ出してくれた。

遠出ではなく、ただ王都周辺を見て回るだけだったが、辺境の城に引き籠もりがちだったエリアスには王都の賑やかさが物珍しかった。

たくさんの店が並び、そこで立ち働く者たちがいた。

先日の内乱のときに破壊されたらしい道や橋の補修工事には、ヴァリエたちの姿もあった。彼らはその頑健さを十二分に発揮し、その手の大仕事に貢献していた。

「ヴァリエが本当に受け入れられるか心配してたんだけど……」

エリアスの呟きを向かいに座るルートヴィッヒが拾う。

「そもそもヴァリエだって人から生まれたんだ。ひどい差別は四十年かそこらだが、それ以前には多少の軋轢《あつれき》はあっても長らく共存してきた。受け入れる土壌はあるのさ」

「差別や諍いの原因は、全て王妃ベルタのせいだと考えられているのかもね」

「原因を一人に押しつけ、皆で被害者面するのは関心出来んが、落ち着くまでは目を瞑ろうぜ。しばらく経てば、またいろいろと問題が湧いてくるはずだ。そのときはそのときで対処していくしかないだろーよ」

「お互いに学ばなければ、本当の共存は出来ないよね……普通の人とヴァリエで分かり合えることも多いけど、やっぱり…いろいろ違うから」

「まずは教育だよな。ヴァリエは育ちが悪すぎるし、人間は人間で群れでわぁわぁ言いすぎだ」

　合意の頷きを交わすも、ルートヴィッヒとエリアスの間には一夜を過ごした者同士の慕わしさはない。よそよそしくはないにせよ、極めて普通だった。

　ルートヴィッヒに近づきたいという思いで、エリアスは個人的な質問を繰り出した。

「ルーイも出生時に母親を亡くしたの？」

「そう聞いている。で、父のレッド・ドラゴンは赤ん坊のオレを育てるために、国王に仕えていた魔法使いのマーリンに下ったんだ…――つまり、使い魔になったってことだな。マーリンはオレを山羊《やぎ》の乳で育てることにし、弟子たちと共に厳しく躾《しつ》けた」

「マーリンの名前は僕も知ってるよ。アストリア王国の歴史上で一番有名な魔法使いだね」

「つまり、一番ドラゴンを酷使した魔法使いってこった」

「ルーイのお父さんは戦争に行ったの？」

「ああ。究極兵器として戦わされ、最後はマーリンと王を守って死んだよ」

淡々と答えたルートヴィッヒを痛ましげに見つめ、エリアスはいやいやと小さく首を横に振った。

「嫌なことを思い出させちゃったね、ごめんなさい」

「なに、遠い昔のことだ」

さらりとルートヴィッヒは言ってのけたが、エリアスは彼を慰めたいと思った。肩を抱いたり、手を繋いだり……彼は望まないだろうか。

すぐ向かい側に座る彼がなんだか遠い。

「そんな潤ませた目でオレを見んなよ」

くっとルートヴィッヒが笑い、琥珀の瞳を閃《ひらめ》かせた。

「キスしたくなるじゃないか」

エリアスの胸がとくんと跳ねた。

「しようよ」

「ダメだ」

ルートヴィッヒはつれない。

「オレはもともとお前を大人にするだけのつもりだったし、国王に手を出す側近にはなりたくないね。

公私混同はしない主義だ」

そういうことか、とエリアスは思った。

「でも、僕はまだ国王じゃないよ」

「だったら、まぁいいのか。来いよ」

手招かれ、エリアスは揺れる車内を移動した。

ルートヴィッヒは素早く窓のカーテンを閉め、傍らに腰を下ろそうとしたエリアスを膝に引き上げた。

抱き寄せられ、エリアスは自分の全身が喜ぶのを感じた——この世に二人といない眩しいばかりの男。

ルートヴィッヒの尖った鼻が近づいてきて、エリアスはうっとりと目を閉じた。

唇が重なった。

数日前に口づけを知ったばかりだが、エリアスはルートヴィッヒを誘うために舌を差し入れ、絡ませようとした。

応えかけたくせに、ルートヴィッヒは唇を強引に離した。

「……ここまでだ」

目で抗議するエリアスの前で、濡れた口を手の甲で拭ってみせた。

「もっと欲しくなるからな」

「僕を欲しい？」

足の間に熱が集まるのを意識しながら、エリアスは問いかけた。

それにルートヴィッヒは答えず、自嘲するかのように薄く笑った。

思い切って、彼の手を自分のそこへ押しつけた——が、大きな手は動かない。

エリアスは熱っぽく囁いた。

「ここでは二人っきりでしょう？　誰も見てないよ」

「お前はいずれ王妃を娶《めと》ることになるんだぜ。周辺国の、澄まし返った王女が送り込まれてくるだろう。男に抱かれた記憶はなくしたほうがいいかもな」

「そ…そんな！」

忘れられるわけがない、とエリアスは首を横に振った。

「忘れろ」

ルートヴィッヒはエリアスを膝から押しやり、窓のカーテンをさっと開けた。

「さあ、視察を続けようぜ」

入り込んできた陽光は色素の薄いエリアスの瞳には強すぎた。何度か瞬かせた後で目を開くと、もうルートヴィッヒは淫靡な空気を一掃していた。

恨めしげな一瞥を投げることも出来ず、エリアスは小さく溜息を吐いた。

（……僕はまだまだ子供だ。ルーイからしたら、昨日生まれたも同然なんだ）

軽くあしらわれてしまった。

ぎこちなく窓の外へと目を向けた——目の縁まで溜まっていた涙が乾いて、虚《むな》しい熱が冷めきるまで。

いつしか街を抜け、枯れかけた草がわずかに生えている何もない土地にやってきた。耕作用の鋤《すき》が転がっているところを見ると、以前はここも農地だったと思われる。

向こうに崩れた塀に囲まれた家もあったが、もう誰も住んでいないようだった。

ルートヴィッヒが言った。

「下手に街が近いから、ここら辺は上手くいかない農業を止めちまったんだな。賃金を貰う仕事を求めて、街に移り住んだんだろう」

「干ばつのせいで？」

「見ろよ。あそこはただ落ち窪《くぼ》んでいるのではなく、以前は川だったところだぞ」

レジスタンスに捕まった王太子を王城へ連れ戻したとき、ドラゴンの背中から見た景色をエリアスは思い出す——アストリアの水瓶と呼ばれていた五大湖は干上がっていた。

母である水の精霊が、エリアスを産んだときに死んでしまったからだった。

息子のエリアスが湖を甦らせることが出来ればいいのだが、あそこを満たすためにどれだけの水がいるのだろう。想像しただけで、気が遠くなりそうだった。

初体験の朝に味わった万能感は、瞬間的なものに過ぎなかった。

国王になることが決まった今、またエリアスは無力感に苛《さいな》まれている。大人になれない焦りに代わって、今は王になることへの恐れがある。

王として、自分に何が出来るのだろう。

王座にいるだけでいいと言われても、さすがにそれでいいとは思えない。国民が自分に期待することは分かっている——つまり、人とヴァリエを正しい共存に導き、国を豊かにすることだ。

（この国が一番欲しているのは水だ。水の精霊の子供として生まれたのだから、どうにかしてこの地を潤せないものか）

ヴァリエのエリアスには母親と同じ能力はないのだろうか。母親の能力の一部だけでも真似られるなら、充分とは言えないまでも多少の水を提供することは出来るだろう。

エリアスは自分の手を見た。

この掌の窪みに水を生じさせることは容易い。

広い面積だとしても、同じことをすればいいはずだ。イメージに合わせ、全エネルギーを集中させること。

しかし、それほど大きなエネルギーを自分が持っているとは思えない。

「着いたようだ」

馬車が止まった。

ルートヴィッヒに続いて降りていくと、そこに一群の緑があった。乾いた地面を覆うかのように茎が伸び、乾燥で緑がやや茶色になっているものの、緑の葉がちゃんと繋っている。

「ジャガイモだな、こいつは」

葉を矯《た》めつ眇《すが》めつして、ルートヴィッヒは言った。

「地下に実をつける作物は比較的乾燥に強い」

「アルビーが言っていた品種改良の研究所ってここなの？」

「そうみたいだな」

畑の側に建っている石造りの建物の中から、いかにもインテリ風なメガネをかけた数人の男たちが出て来た。

そのうちの最も年を取って見える男はヴァリエだった。かなり巧妙に普通の人間を装っていたが、ヴァリエにはヴァリエが見分けられる。

ずんぐりした体型で、太い眉の下にある緑色の瞳は知的な輝きに満ちていた。

（フレゼリク五世は…父王は、全てにおいてあの妃の言いなりじゃなかったんだな）

エリアスの心が熱く湿った。

皆を代表し、彼が話しかけてくる。

「王城からの馬車が着いたと見て急ぎ参上しましたが、初めてお目にかかりますな」

ルートヴィッヒが答えた。

「オレはドラゴンのルートヴィッヒ、こっちがエリアスだ。エリアスが王になるというふれを出したが、ここにも伝わってるか？」

「お、おお」

研究所の長は膝を折り、エリアスが差し出した手を恭しく握った。

「以後お見知り置きくださいませ」

「案内してくれますか？」

「もちろん、喜んで」


（ヴァリエに対する差別は昔からだ。だけど、迫害の四十年間を暗黒期とし、そこから一気に光に満ちた未来へと国民全てを導いていく…のが、僕に科された義務なんだ）

父である前王が望んだから——適任である、と。

「本当に？　適任は僕なの？」

自問自答するも、確信に至らないままに日々が過ぎていく。

矢継ぎ早に注ぎ込まれる知識は飲み込んだが、国王として背負わされるだろう責任の重さに雁《がん》字《じ》搦《がら》めにされていく……。

（少し前の僕は大人になれずに何の責任も負えないことへ不満を持っていたけれど、今は責任を負うことに尻込みしてる）

つくづく人は無い物ねだりだと笑う余裕はない。

疲れてベッドに入っても、夜中に何度も目を覚ましてしまう。

うっすらと頭痛も続いていた。

窓辺に立ち、どこかへ飛んでいくドラゴン姿のルートヴィッヒを見ては、そのいかにも自由な様子に羨ましさを感じた。

（僕の部屋に来てくれればいいのに……）

ルートヴィッヒはいつでも好きなところへ行けるし、ベッドを共にする相手にしてもおそらく選び放題に違いない。

そんなエリアスに気づいて、部屋づきの給仕——女官らが夜伽《よとぎ》の者を用意したこともあったが、そういう気にはなれなかった。

男ならどうかと遠慮がちに問われても、エリアスは首を横に振った。

女も男も関係ない。

ただルートヴィッヒではないということだ。

これまでエリアスに恋愛経験はなかったが、この先の人生で彼以上の相手に出会うことがないのはもう分かっていた。

彼しか欲しくない。

もしかしたら一生そうかもしれない。

国王が宰相を物欲しげに眺めるのはどうかと思うも、ルートヴィッヒは上手く立ち回るだろうし、心で思うだけならエリアスの自由だ——が、それは耐え難い苦しみにならないだろうか。いつも側にいるのに、指一本触れられないのだから。

とうとう戴冠式の朝となった。

大聖堂で大神官に冠を被《かぶ》せられ、誠心誠意アストリアのために尽くすと神に誓うのが王としての最初の仕事だ。

アストリア王国では、王族をはじめとする国民のほとんどが大地神ガイウスを崇拝している。

赤青緑の三頭のドラゴンを従えた大いなる神は大地の恵みにより人間を支えるが、時には人間の愚かさを嘆いては地面を震わせ、怒りに火山を爆発させることもある。

大聖堂の祭壇にはくだんの神の巨大な石像が奉られている。修業を積んだ神官たちはその偶像に祈りを捧げ、神託を受けることが出来るらしい。

王城から大聖堂までは馬車を使う。

騎馬の近衛隊に囲まれるようにして進む瀟洒《しょうしゃ》な馬車には、エリアスとルートヴィッヒ、アルベルト王太子夫妻が乗った。

街道の両側には新しい国王を一目見ようと国民たちが列をなしていたが、馬車の幌《ほろ》は深く下ろされていて、今は中の人物の顔形を見ることは出来ない。

幌を上げてのパレードは戴冠式の後なのだ。

それを期待する人々は、拍手と歓声で馬車を見送ってくれた。

「期待されているようだ」

ルートヴィッヒが呟くと、王太子は頷いた。

「低調な時代が続いた上、内乱と外国からの干渉が同時にあった。国王はいきなり退位した。不安を打ち破るために、国民は大きな変化を欲しているんだろう」

エリアスは黙っていた。

（変化…か）

当たり前に王太子が戴冠するよりも、エリアスのような日陰の王子が国王になるのは小さくない変化だ。

（僕は国民を幸せに出来るだろうか）

彼らの幸せ――冬越しの食料や薪《まき》の心配をせずに済むこと、難しい病気が流行《はや》らないこと、他国に脅かされないこと……最低限は叶《かな》えてやりたい。

大聖堂に到着した。

馬車から降りるとルートヴィッヒや王太子夫妻と別れ、神官たちの導きに従うことになった。

王侯貴族たちはすでに席に到着していた。

燭台《しょくだい》を手にした神官の後について、エリアスは祭壇前まで続く赤い絨毯《じゅうたん》の上を歩いていく。

汗ばむ季節に豪華な衣装は重かったが、暑苦しいとは感じなかった。大聖堂の中がひんやりとしているからだろう。

聞くつもりもなくひそひそ声が耳に入ってきた。

『前王フレゼリク五世と水の精霊オンディーヌのお子だとか。こっそりビューロー伯爵がお育てしていたらしいな。前王妃は嫉妬深い女だったから、致し方あるまい』

『それにしても、なんてまぁきれいな少年でしょう。透き通るような肌と艶やかな銀の髪が見事だわ』

『少年だって？　馬《ば》鹿《か》言っちゃいけないよ、もう生まれて四十年は経つはずだ。魔物じみて美しいのはヴァリエだからさ』

『ヴァリエが王か』

低めた声の中にも滲む侮りのニュアンス——四十年…いや、古くから続いているヴァリエへの差別がそこにあった。

『父王が指名したとはいえ、アルベルト王太子は納得しているのかね？』

やはりそこに疑義を唱える者はいた。

（アルビーは納得しているよ）

世継ぎとして育ったはずの王太子こそが、エリアスに王座を薦めたのだ。

後ろ暗いところはない。

図々しく割り込んだわけではないのだから、胸を張っていい。恥じることなどないと自分に言い聞かせ、エリアスは俯くのを止めた。

詰めかけた人々の間にビューロー伯爵家の面々を見つけた。

　父と呼んでいた伯爵は無表情を取り繕っていたが、その視線は気遣わしげだった。母と呼んでいた伯爵夫人は今にも泣き出しそうに見える。

（大丈夫だよ、お母さま）

　たった数日で国王としての基礎知識を詰め込んだが、二日三日と経つうちにエリアスはこれらの多くは過去に学んだことだと気づいた。

　二十年ほど前まで、エリアスはビューロー家の長男として、家庭教師に地理、歴史、数学、語学、法学、政治学、経済学、統計学…と多岐に渡った教育を受けていた。

　国王の指示だったのか、伯爵の独断だったのかは分からないが、それらの学問は辺境の領地を治めるという目的を大きく超えていた。

　大半のことを忘れてしまっていても、一から学ぶよりはずっと早い。

（気づかなかったけど、ちゃんと一国の王子として恥ずかしくない教育をされていたんだね。僕はいらない子ではなかったんだね）

　エリアスは拳《こぶし》をぎゅっと握った――自分はやれる、と。

　祭壇の下には、エリアスと大神官のための椅子が用意されていた。ここでは二人とも神の下僕であるからそれほど立派な椅子ではない。

　大神官はすでに着席し、その後ろに彼を守るかのように二人の神官が立っていた。

　エリアスの椅子の後ろにはルートヴィッヒとアルベルト王太子がいる。

エリアスの着席を待って、式典が始まった。

聖歌隊が晴れやかに歌う中、祭壇のあちこちに設《しつら》えられた燭台に火が次々と灯され、三頭のドラゴンを従えた大地神の石像がいよいよ神々しく浮かび上がってきた。

神官たちが聖句を唱える。

促され、王侯貴族がそれに続いた。

大聖堂の天井に大勢の声が反響し、銅鑼《どら》が鳴らされた。消えていくその音に耳を澄ましているうち、辺りは奇妙なほどに静かになっていた。

それぞれ左右の階段を上り、エリアスと大神官が石像の前に立つ。

大神官が銀盆の上に載った王冠を手にすると、エリアスはしずしずと足を進めた。

「大地神ガイウスの御前にて、前国王フレゼリク五世の息子であるエリアス・フォン・アストリアを第三十四代国王とする」

大神官のジェスチャーに頷き、王冠を戴くために跪いた。

そのときだった。

「王さまなんていらないよ！」

式典が始まるときに固く閉ざされたはずの扉がぱっと開かれた。

室外の陽光が入り込み、同時に厳粛な空気が破られた。

開けたのは聖歌隊の少年だった。彼に導かれるようにして、外からぼろを纏った子供が数人と老女が一人入ってきた。

「ヴァリエだろうと、誰であろうと王さまなんて何も出来ないんだからなっ」

十歳くらいに見える年かさの子供が叫んだ。

「出来ると言うなら、お父さんとお母さんを生き返らせて」

近衛隊の警備担当者たちが慌てて彼らを締め出そうとした。

「式典中だ、弁《わきま》えろ」

「国王に言いたいことがあるなら、ちゃんと手順を踏むことだ。村長と共に謁見の日に来い」

老婆が嗄《しゃが》れ声を振り絞った。

「そ…それまでに、この子たちは飢え死にしちまうだろう。この日照りに井戸は涸れ、水すら満足に口に入らない」

年かさの子供がきっぱりと言った。

「王さまより必要なのは水だよ！」

必死なその声はエリアスの胸に突き刺さった。

「……王より水か」

そう呟いて、雷に打たれたかのように固まってしまった——王位に就くことにまた迷いが出た。

（僕にはどうすることも出来ないよ）

干上がった国民をどうにかしてあげられる者は自分ではない。

井戸を掘らせ、干ばつに強い農作物の研究を進めさせたのは前王だが、彼の傍らでそれを見てきたのは自分ではなかった。

次の執政者として相応しい者は他にいる。

（アルビー、きみだ）

世継ぎとして期待され、父から国を統《す》べることを学んだ弟。

エリアスが本当にすべきなのは王座を温めることではなく、彼を産んで果てた母のように水を呼ぶことではないのか。

本当に自分が水の精霊の落とし子だというなら、今すぐひび割れた大地に水を注ぎたい。

その力は備わっているような気がするけれど、発現させるにはどうしたらいいのか。経験もなければ、自信もなかった。

警備兵に押さえつけられながら、なおも子供が叫んだ。

「ねえ、王さまに何が出来るっていうのさ!?」

口と鼻を塞がれて苦悶《くもん》する。

見かねて、叱責したのはルートヴィッヒだった。

「偉大なる大地神ガイウスの前で乱暴は止めよ！」

その鋭い視線と気迫に警備兵らが怯んだ。

いきなり解放され、子供と老婆は床に頽《くずお》れた。

ルートヴィッヒはエリアスを振り返った。

「何が出来るかと問われているぞ、エリアス王。答えてやればいい」

「……」

「さあ」

促され、エリアスは口を開かないわけにはいかなかった。

「ぼ…僕は、王として…――」

その先が出ない。

平等、平和、国民の幸せ…と単語は浮かぶ。平等とは、平和とは、国民の幸せとは何か。漠然としたそれらのイメージを達成するにはどうしたらいいのか。

求められているのは、子供にも理解出来る具体的な答えのはずだ。

「僕は、今はまだ……」

「やっぱり何も出来ないんだね？　そうなんだね？」

子供の声音に落胆を聞いた。

東の国境にカルトリオ軍を見たときと同様の無力感がエリアスを襲った。身体が弱く、臆病な子供だった自分は何も出来ない。

（僕はルーイに大人の身体にして貰ったけど、たった一回の行為で中身まで変わったりはしなかった。僕は無力なまんまだ。王冠を頭に載せたとしても、何か素晴らしいことが出来るようになるわけじゃ

ない）

　エリアスは自分に絶望し、ぶるぶると震えた。

「何も出来ないわけじゃないよな!?」

　ルートヴィッヒが言ってくる。

　出来ないと言わせたいのだろうか。嘘《うそ》でも何か出来ると言わせたいのか。

（ひ、ひどいよっ）

　エリアスはキッとなってルートヴィッヒを睨んだ。

『オレを起こしたのは誰だ？』

　心の声が聞こえてきた。

『……僕だね』

『そうだ、何も出来ないわけじゃないだろ』

　儀式を続けようと大神官が小さく咳払《せきばら》いしてきたが、エリアスは彼の方を向かず、一心に自分の両方の掌を見つめた。

　真ん中が少し痒《かゆ》いなと思ったとき、そこから小さな水しぶきが上がった。

（水は、出せる）

　どのくらい出せるのだろう。この際、やってみてもいいかもしれない。

　両手から水が溢れ、祭壇の床に滴った。

（もっと出そう）

そう決めた次の瞬間、大聖堂の床のあちこちから水が噴出した。

「な…なんだ!?」

着席していた王侯貴族たちがどよめき、衣装の裾を濡らすまいと椅子の上に立った。

（もっとだ！）

エリアスはぎゅっと掌を握り締めた。

大聖堂のほぼ真ん中から大量の飛沫《ひまつ》が上がった。くだんのぼろを纏った子供たちがそこへ一散に駆け寄った。

「水だ、水だよ！」

手で掬《すく》って飲み、水遊びを始める。

「すごいや！」

その感心しきった声に、エリアスの中に自信が漲《みなぎ》る。

（もっともっとやれそうだ）

天井からも水、壁からも水……床一面を水浸しにし、とうとう扉から外へも流れ出した。勢い良く吹き出す水に壁がきしんだ。

「お、お止めください！　大聖堂が壊れてしまいますっ」

大神官が懇願する頃には参列者の多くが戸外へ逃げ始めた。

（でも、まだ足りないな）

干上がった川に流れを作りたい。

エリアスは水を出すのを止めなかった。

『〝――……やっと見つけた、やっと！〟』

その奇妙な声は心に響いた。

ルートヴィッヒのそれではない。

（誰？）

『〝ただいまお迎えに参りますぞ〟』

どっと大聖堂の中へ大量の水が入ってきた――いや、本当の水ではない。それを証拠に、まだ大聖堂に留まっている参列者に溺れる様子はなかった。

祭壇のすぐ下まで水位は上がり、半透明な人型が五つ飛び出した。

エリアスの胸ほどの背丈の子供のような者たちは笑いながら彼を取り囲み、ただ引っ張るだけで衣類の全てを脱がせてしまった。

全裸にされて恥ずかしがるエリアスを幻の水の中へと招く。

『〝ヌシサマガヨンデルヨ〟』

『〝ズットサガシテイタンダヨ〟』

「僕を探していた？　主って誰なの？」

巨大な魚がぬっと顔を出した。

『〝水の精霊のお子よ、あなたが本来いるべき場所へご案内いたそう〟』

意を決して、エリアスはその水に飛び込んだ。

腰から下は魚になっていた。

「エリアス！」

『エリアス、行くなっ！』

叫んだのはアルベルト王太子とルートヴィッヒだった。

ルートヴィッヒのほうは心の声だったが、そのせいで彼が慌てているのがよく分かった。

『オレを起こしたくせに、離れていくなんて許さないぞっ』

心の声で応えた。

『だって、王は抱かないんでしょ？』

『建前はな』

『本音は違うの？』

『……かもな』

一応認め、ルートヴィッヒは奔流の中へ飛び込んできた。

手を伸ばしてエリアスを捕らえようとする。

『オレとアストリア国を治めようぜ、しばらくの間』

『共同作業？』

『仕事があったほうが退屈しないぞ。人生は長いんだ』

『でも、向き不向きがあるよ。適任がいるのに、僕が王座に就くのはやっぱり違うんじゃないかな』

主と呼ばれた魚が二人の間に入ってきたので、ルートヴィッヒはあと少しのところでエリアスに触れることが出来なかった。

『クソ、クソ、クソ』

悔しさのあまり、ルートヴィッヒは口汚く罵った。

最強の動物であるドラゴンであっても、幻の水中にいる主やエリアスの動きについていくことは出来ない。

『これだから精霊ってやつは！』

『アルビーによろしく。国はやっぱり彼に任せるのが一番いいよ』

それっきりエリアスは振り向かず、主の後について泳いだ。

（王は抱かないって言って僕を失望させたくせに、本音では違うって……なんなの？　ルーイは僕の気持ちを弄《もてあそ》んだ？）

単純に愉快ではなかった。

すでに二百年も生きてきたルートヴィッヒは無知なエリアスを指導する立場で、最初から立ち位置は上だった。さらに駆け引きめいたことをして、コントロールする必要があっただろうか。

物欲しげに自分を見遣るエリアスにほくそ笑んでいたのだろう。

いくらでも与えることが出来るくせに、それを渋る気持ちが理解出来ない。

主は空中に描いた川を遡っていく。

陽光を浴び、虹色に輝く水の中をエリアスは主の後ろを泳ぐ。

驚いて固まったようになっている人々を下に眺め、自分は彼らとは違う者であると感じた——多くのヴァリエと同じように。

いや、エリアスはヴァリエでさえないのかもしれない。

精霊と人間の間に生まれたが、結局エリアスは人間の暮らしに馴染めていなかった。今こうして水に包まれていることは自然で、身も心も解き放たれていくのを感じる。

大聖堂の入り口の石段にビューロー伯爵夫妻を見た。

（……ごめんなさい）

慈しみ育ててくれたが、やっぱりエリアスは国王の子として生きることは出来なかった。

最後に見たのは王太子アルベルトだった。

眩しげにこちらを見上げ、彼は小さく手を振っていた。

＊

精霊の子として目覚めたエリアスにとって、五大湖を満たすのは難しいことではなかった。

涸れかけて、もう足首を覆うほどの水しかない湖に降り立つと、さほどの力を使ったつもりもないのに、湖底よりゴフゴフと水が湧き出してきた。

雪解け水を放出した後の水不足で干上がり、ひび割れてさえいた湖の底は、たちまちうっすらとした水の層に覆われた。

湖全体が水で満たされるのはもう時間の問題だ。

エリアスが呼び込んだ水は固い地面を突き破り、上にある湖までの道筋を作り上げた。

『〝水の精霊ここにあり〟』

主は喜びを宣言すると、身体を翻して水面から大きく飛び跳ねた。

それによって出来た波紋の上を人型の滴たちが踊る。

水中では藻が生え出し、どこからか色とりどりの魚やカエル、カニ、エビ、タニシなどの生き物たちが姿を現した。

陽光をきらきらと反射する水面のせいで、辺りの景色は眩しいくらいに明るくなった。

湖から溢れた水は川に注がれ、カラカラに乾いた川下へと流れは続いた。

まさに四十年ぶりにアストリアの夏の国土が潤うことになる。一週間もすれば、緑が大地を覆うようになるかもしれない。

一仕事終え、エリアスは湖を思う存分泳いだ。

『〝あなたはここでお生まれになったのですぞ〟』

主が言ってきたが、確かに見知らぬ場所ではないと思った。

どこか懐かしい感じがする。

『〝母上さまのお部屋にご案内いたそう〟』

主の後を追い、湖底へと潜っていく——腰から下が魚であるだけでなく、手指の間に半透明な水かきが出現してさらに泳ぐのが早くなった。

脇腹の鱗模様が鰭《ひれ》として立つと、水中でも呼吸が出来るようになった。

こんなに深い湖だったかと思いながら、エリアスは苦もなく主を追いかけた。

「エリアース、どこだ？　上がってきてくれ」

遠くからルートヴィッヒの呼ぶ声が聞こえたような気がしたが、今は自分を呼ばわる男が疎ましかった。

エリアスの幼い恋心を鼻で笑いながら王座を薦め、国の最高位に就かせてから思いのままにしようと考えていた男である。

（たとえルーイだろうと、僕はもう誰にも振り回されない）

ルートヴィッヒの熱い身体に抱かれた記憶はまだ新しいが、あれは今後のために必要な通過儀礼だった。

取り去ってもいいのだとも知らずに、被り続けていた殻を破ることが出来た。

それによって、力の解放が可能になったことには感謝してもいいが、とりあえずルートヴィッヒへの思いはそこまでだ。

　水を自在に操れるようになったエリアスは、もう容易く彼を近づけるつもりはない。

（強くて美しい人……つい惹かれてしまったけど、彼の言いなりにはなれないよ。だって、僕は僕以外の者にはなれないから。自分の心の声にだけ従いたい）

　誰もが傅《かしず》く美男を振り切る快感に、未練はカケラほども感じなかった。

　間もなく、銀色の瓦が載った小さな家に辿り着いた。

　しばらく住人がいなかったせいだろう、建物はあちこちが崩れたり、壊れたりしていたが、無限にも思われる水の世界の一部を切り取ったプライベート空間としての価値は大きい。

　中に入ると、上等の絹のカーテンで囲ったベッド、螺鈿《らでん》細工の化粧台、猫足のカウチソファーにやはり螺鈿細工のテーブル、壁にかかったニンフの絵……どれも年代物ではあったが、全てが趣味のいい品だと思われた。

『〝お気に召されましたかな？〟』

「うん、ステキだ」

『〝それは良うございました。お座りになったらいい〟』

　カウチソファーに座ると、半透明な人型――滴の子がワインを用意してくれた。

　王城で出された年代物のワインよりも深くて美味だった。エリアスはホッと息を吐き、自分が疲れているのを認めた。

早起きして戴冠式の支度をしたのは数時間前のはずが、もう三日も経ったかのように思われていた。

「……エリアス、どこだ？　エリアース」

また遠くからルートヴィッヒの声が届いた。

エリアスを探すよりも、宰相らしくアルベルト王太子の補佐をすべきではないだろうか。

『〝やめさせましょうか？〟』

ドラゴン相手に主がどんな手を使うのか興味があったが、ルートヴィッヒはいずれ諦めるだろうとエリアスは断った。

「大丈夫」

そして、欠伸を一つ。

「眠くなってきちゃった」

『〝少しお休みなさるとよい。大仕事をなさったのだから。お目覚めになったら、お母さまのことをお話ししましょうぞ〟』

頷いて、エリアスはソファーに寝そべった。

すかさず滴の子が薄衣を身体の上にかけてくれた。

「ありがとうね」

目を瞑ると、自分を呼ばわるルートヴィッヒの声がより鮮明になった。差し迫った悲しい声に思われるのはやはりエリアスの未練なのだろうか。

切なげな呼び声を子守歌のように聞きながら、エリアスは深い眠りに吸い込まれていった。


どのくらい眠っただろう。

滴の子に揺さぶられ、エリアスは目を覚ました。

「どうかしたの？」

問うと、滴の子が指を差した。

そこに大きな瘤《こぶ》だらけのオオサンショウウオが横たわっていた。

『〝お起こしして申し訳ありませぬ。お待ちするつもりでしたが、わしの命が保たないかもしれませんでな。お許しくだされ〟』

声は主のものだった。

エリアスを迎えにきた美しい銀色の魚は仮の姿で、真の姿がこちらのようだ。

『〝オンディーヌさまの亡き後、わしがここを守ってきたつもりでしたが、夏のきつい日差しをやり過ごせるわけもなく……しかし、命尽きる前にあなたさまをお迎えに参上することが出来たのは幸いでございました〟』

主は自分の身を日に焼きながら、その身体の下に命を守ってきたのだという。背は焼け爛《ただ》れ、膿《う》み、溶岩が固まった痕のような瘤となっていた。

皮膚を覆う粘液を失うと、体内も健やかというわけにはいかない。

『〝オンディーヌさまはアストリアの王子と恋仲になり、あなたさまを宿された。異種族間妊娠の例に漏れず、お産は無事には済みませんでした。オンディーヌさまは長い寿命をお持ちでしたが、お寂しかったのかもしれません。愛し、愛され、もう充分に生きたと言って亡くなられました〟』

死にかけたオオサンショウウオは、口から大きな泡を一つ吐き出した。

その泡の中に、エリアスは若い両親の姿を見た。

葦《あし》が生えた湖のほとりに身を横たえた美しい女の人——顔立ちはエリアスにそっくりだが、肌はもっと青白く、息も絶え絶えの様子だった。

そして、若き日のフレゼリク五世がいた。こちらはまだ少年のようにあどけない。

瀕死《ひんし》のオンディーヌは産み落としたばかりの赤ん坊を王子に手渡し、弱々しく微笑んだ。怖々と生まれたばかりの息子を受け取ると、王子は恋人にお疲れ様と微笑みかけた。

不意に、オンディーヌの優しげな顔が引き歪《ゆが》んだ。

息を引き取るまでの数秒間で、彼女は一気に老いた。醜く皺《しわ》だらけになり、焼かれたかのように黒く縮み、最後は粉々になって風に運ばれたのだった。

若き王子は信じられない光景に口を押さえ、後退《あとずさ》りした。

ついには赤ん坊を抱えてその場を走り去った。

湖から水が引いていったのはその直後からだった。精霊を失った五大湖は、アストリアの水瓶であることを放棄した。

　見せるべきものを見せ終えると、泡は萎んで消えた。

（……そうか）

　若き王子の気持ちは、エリアスにもなんとなく理解出来た。彼の繊細さは父親から受け継いだのかもしれない。

　子が生まれたことは喜べても、その母を失ったのは悲しい。しかし、悲しいだけではない。最後の最後に、愛した人が人間ではなかったのだと思い知ることになったのだ。

　引き攣《つ》った顔に、これまで二人が培った愛を凌ぐほどの強いショックが窺えた。

（この父親に子育ては無理だったね）

　ビューロー伯爵に託してくれただけ有り難い。

　その他のことも想像してみた――夫が連れ帰った赤ん坊のエリアスを見て、妃のベルタは自分に恥をかかせたと大いに彼を詰《なじ》っただろう。

　恋人の最後の姿に感じた圧倒的な嫌悪を思えば、妃が嫉妬をきっかけにして、全てのヴァリエを憎むようになるのを正せなかったとしても不思議はなかった。

（結局、僕の場合も定説通りだったね……母を殺して生まれてきたヴァリエの赤ん坊を、父親は受け入れられないって）

　総じてヴァリエは育ちが良くない。

若き父親のショックは理解するけれども、エリアスは母の死に様は悪くないと思えた。痕跡を残さずに消えることは望ましい。

『〝……ああ、もう命が消えまする〟』

沈んだ声に目を向けると、いよいよ主に死が迫っていた。

『〝も…もっと、あなたさまに、お伝えしたいことがございましたが……残念ながら、わしはもう一つしか泡を吐くことが出来ませぬ……――〟』

最後の泡を吐き出して、主は床に伏した。

エリアスは駆け寄ろうとしたが、泡の中から聞こえてくる声に動けなくなった――妊娠で腹部が膨れている水の精霊がそこにいた。

美しい声が語りかける。

『愛しい子よ、わたしは何とかしてあなたを産み落としたいと思っています。わたしは命を落とすでしょうから、父親に託すことになってしまう。あなたが人間の中で幸せに暮らしていければいいけれど……もしかしたら、上手くいかないかもしれない。だって、精霊の子なんですもの』

儚《はかな》げな雰囲気の美しい人魚は、精霊としての自分の人生をざっと語った。

大地神ガイウスの涙から生まれた彼女は五大湖を常に満たしておくように命じられ、この地に降ろされたのが数千年前。

湖を泳ぎ回り、魚と遊び、水鳥と歌う日々になんら不満はなかった。

夜通し起きていて、睡蓮《すいれん》の花が開くのを眺めるのは楽しかったし、渡り鳥に外国の話をしてもらうのも好きだった。

人間を知ったのはいつの頃だったか。

朝の散歩に来た老人から人間が食べる菓子を貰ったのが最初だった。

次に湖のほとりで逢《あ》い引きする恋人たちに興味を持った。季節による発情期がない人間たちは、そのたびに口づけと熱い抱擁を交わした。

彼らを観察するうち、彼女は自分の孤独を知った。改めて見れば、魚も鳥も虫も番《つが》いになりたがり、彼らだけの時間を持つ。

水の精霊は無邪気でいられなくなった。

下半身を二本の足に変えて人里に下りてみたり、湖で待ち合わせする恋人たちの一人を誘惑してみたこともあった。

身体は快楽に溺れても、悲しいかな、孤独な心が愛で満たされることはついぞなかった。

『わたしと人間は違いました。長い長い寿命がある者に、強すぎる感情は不必要なのです。自分以外の者を愛し、守りたいという強い思いは毒にしかならない。そもそも淡泊で孤独に強いのが精霊なのだから……ああ、それでもわたしは最後に愛し、愛されることを望んでしまいました。後悔はしていないけれど、精霊の本分から外れたという自覚はあります』

最後に、オンディーヌは『愛しい子よ』と呼びかけた。

『精霊として長い寿命を生きるのなら、恋愛などする必要はありません。もしかしたら、相手に応えられなくて悩むかもしれない。でも、それは精霊としては正しいのです。精霊は感情豊かである必要はありませんから。人間として生きられないと思ったら、精霊として生きればいいのです。魚たちと一緒に湖を泳ぎ、秋には渡り鳥を迎えておあげなさい。誰かと番うことがなくても、あなたは孤独ではありません。湖の生き物たちが家族なのですから。湖を守るのが水の精霊の本分です。ただ…人間として生きるにせよ、精霊として生きるにせよ、母はあなたの幸せを祈っていますよ。それを忘れないでくださいね』

パチン、といささか唐突に泡が壊れた。

エリアスが振り向いたとき、すでにオオサンショウウオは絶命していた。滴の子たちが彼を囲み、しくしくと泣いていた。

（……ありがとう。僕はぎりぎり間に合ったんだね）

無数の滴の子たちが集まってきて、泣きながら亡骸《なきがら》を運び出そうとする。

エリアスも手伝ったが、朽ちかけていた身体はぼろぼろと崩れた。不思議と気持ち悪さは感じなかった。

彼を構成していた細かいものが、水面のきらめきに導かれ、ゆっくりと上がっていくのを見送った。

これらを養分として、幼魚や小さな生き物が育っていくだろう。

主と崇《あが》められたオオサンショウウオはそれを本望とするに違いなかった。

＊

湖で暮らすようになって、しばらくエリアスは眠ってばかりいた。

国王修業の日々に疲労を溜めたせいなのか、はたまた水中の生活に身体が適応出来ていないせいなのか、眠くて仕方がなかったのだ。

遠くから自分を呼ばわる親しい人たちの声が聞こえてくることもあったが、どこか現実味がなく、昔の思い出を夢に見るきっかけになるだけだった。

彼らに顔を見せたいとは思わなかった。

ビューロー伯爵家の人々や王太子に対する温かい気持ちを失ったわけではないものの、期待に応えられなかったことが申し訳なく、いっそ自分のことは忘れて欲しいと願った。

目が覚めたとき、決まって滴の子らが花束を持ってきた。ルートヴィッヒが投げ込んだものだと知らされても、やはり心は動かなかった。

身勝手なルートヴィッヒへの怒りはもうない。ただ恋心は冷めてしまったようだった。それほど前のことではなかったはずなのに、繰り返した睡眠のせいで百年も前の出来事のように思われる。

初めての相手に執着してしまったのは、おそらくはエリアスの幼さゆえだ。今はそんなふうに客観的に見ることが出来る。

特別なヴァリエとして生まれた者同士でも、エリアスとルートヴィッヒの性格は水と油ほども違っていた。エリアスはひっそりと湖で生きるほうが自分らしくいられるが、ルートヴィッヒは人間の中にいて権勢を誇りたい。

これだけ生き方が違ったら、恋人になったとしても上手くいくはずがない。

投げ込まれた花束の種類によって、エリアスは季節の移ろいを感じた――ダリアとポーチュラカが色褪《あ》せ、コスモスがあしらわれている。

水温の変化はあまり感じていなかったが、どうやら夏の盛りは過ぎたらしい。

「もう秋か」

アストリアの大地に水が行き渡り、冬を越すだけの食料は実ったのだろうか。まだ土地が痩せているから、今年はまだ充分な収穫は見込めないだろう。

品種改良された種芋は全土に行き渡るほどにはまだない。

国王になっていたら、国庫を開けて諸外国から食料を買い付ける心配をするところだ。

（……でも、ならなかったんだ）

後悔はないが、全く気にならないというのは嘘だ。しかし、王太子のアルベルトがどうにかするだろうし、その側にルートヴィッヒもいるはずだ。

「秋か」

とにかく、水底にいると時間の流れが分かり難くなる。

思考や記憶まで曖昧になるのはなぜだろう。あたかも心にまで水が満ち、それらがゆらゆらと漂った状態になってしまうかのようだ。

ある夜、エリアスはこれまでにない良い目覚めを得た。

湖に住むようになってから全く食事をしていなかったが、食べたいと思い、滴の子が用意していた皿の中から水草の実をいくつか食べた。

その後、水面を目指して泳ぎ、湖が映した月の光の中に顔を出してみた。

寒くも暑くもなかった。ちょうどいい湿気を帯びた空気が月と星のきらきらしさを和らげ、夜風にそよぐ樹木から良い匂いがしている。

草むらから聞こえてくる虫の鳴き声を耳に、エリアスは顔を出したままで泳いだ。細い水路を通り、二つめの湖へと移っていく。

こちらも魚たちはよく太り、水も澄んでいる。エリアスの存在に喜んで、戯れてくるのが可愛い。

そして、三つめの湖へ。

五つの湖のうち、最も広い面積を持つそこには浮島がある。そこに上がろうとしたとき、エリアスは湖のほとりに真新しい東屋《あずまや》が出来ていることに気がついた。

いつの間に作られたのだろう。

六角形の屋根を六本の柱が支えている瀟洒な建屋で、柱や欄干には彫刻が施され、床にはきれいなタイルが敷き詰められていた。

好奇心に駆られ、エリアスは近づいてみた。

東屋から湖へ渡された船着き場のステップに這い上がろうとしたとき、水面に映った自分の姿を見た。

(……すっかり人間らしくなくなったな)

下半身は魚で脇腹にも鰭、手には水かき。肌色に青味が増して、耳たぶは大きくひらついていた。背中まで伸びた銀の髪には青い光沢が加わり、水草のように波打っている。

主が吐いた泡の中に見た母のほうがまだ人間らしく見えたが、彼女はかなり上手く擬態していたのかもしれない。

しかし、違和感はなく、エリアスはこれが本来の自分の姿だと思った。

下半身を二本の足に変え、船着き場に上がってみた。

伸び上がると、東屋の中の様子が目に入った――ベンチの前にある華奢なテーブルには、ワイン瓶と飲みかけのワイングラスが置きっぱなしになっている。

(今さっきまで誰かがいたみたい)

けれども、人がいる気配はないので、裸であることを気にせずに、ぺたぺた裸足《はだし》で歩いて東屋に入った。

ベンチに上着が投げ出してあった。

暗い赤地に黒い糸で丹念に刺繍を施されたそれ。これが似合う人といえば……――もちろん、エリアスには分かった。

半信半疑ながら手に取ると、記憶にある匂いがふわりと薫った。

その途端、脳が痺《しび》れるような感覚に襲われた。

（……！）

もう彼や彼とのことはどうでもいいと思っていたはずだった。

いつか見た夢のようにしか思われなくなった一夜が、ひどくリアルに甦ってきたことに当惑してしまう。いやいやと首を振るも、それはいっかな消えない。

心は拒否しているのに、たちまち勝手に身体が記憶をなぞり始めた。

どんなふうに彼の手が身体の上を這ってきたのか。どこをキスされ、なんと囁かれたのか。そして、自分がどうなってしまったのか……——。

「ううっ」

呻いて、エリアスはしゃがみ込んだ。

無防備な裸体を夜風が撫で、たったそれだけで身体の中心が反応しかかった。

水を抜けるときには気持ちがいいだけでどうってこともないのに、風が肌の上を通る様はくすぐったくて不埒《ふらち》なのだ。

思わず上着をぎゅっと抱き締めた。

またくだんの香りを——香水と彼の体臭が混じった匂いを吸い込む羽目となってしまい、湧き上がってきた恋慕に、他にどうしようもなく鼻先を押しつけてしまう。

思わず、呼んでしまった。

「……ルーイ」

自分の頼りない声を耳にすると、とてつもなく恋しくなった。

彼のような男にならば弄ばれても仕方がなかった…などと、卑屈な考えまで湧いてくるのには閉口する。

（やっぱり僕の半分は人間なんだな）

身体が水に棲まう者に変化しようとも、人間としての欲望は持ったまま。

それを認めてしまうと、満たされるためにどうしたって相手が欲しくなる——本来、そんな想いは精霊にあるまじきものだ。

『〝ドラゴンはもういないよ〟』

「え？」

声がする方へ首を向けると、小さなテーブルの下に一抱えほどもあろうかと思う亀がいた。

『〝朝までここで過ごすこともあったけど、今夜は従僕が急を知らせに来てね。慌てて王城へ戻っていったよ〟』

「何かあったのかな」

『〝そりゃあったんだろうさ。人間ってのは欲望が強いから、諍いばかり起こす。そんな人間に混じって暮らすなんてね……ハハ、物好きもいいところさ。何があったのか知りたいのかい？〟』

知りたいなら、水鳥にでも聞いてみればいいと亀は言う。たまに身体を洗いにくるケンタウロスでもいい。

ううん、とエリアスは首を横に振った。

「僕はこの湖のことしか考えたくないよ」

『〝精霊ってのはそうだね。だから、お高いのさ〟』

「お高いって？」

『〝あんたは、あれだけ器量のいいルートヴィッヒを待ちぼうけにしているんだからね……ああ、想像以上の美男に育ったよね、あの子は。くしゃくしゃ赤毛の腕白小僧だったのに〟』

「昔からの知り合いなんだ？」

『〝そうだよ〟』

会話はそこで途切れた。

亀がもっと話してくれるのではないかとしばらく待ったが、一向にそうはならなかったので、エリアスはルートヴィッヒの上着を丁寧に畳んでベンチの上に置いた。

「僕はもう行くよ」

眠ってしまったのだろう、亀はうんともすんとも言わなかった。

タイルの上をぺたぺたと歩き、桟橋の方へ降りようというときになって、ぼそりと言うのが聞こえた。

『〝あんたは母親によく似ているね、顔立ちや髪の色、潤んだ瞳がそっくりだ。そして、ルートヴィッヒを袖にする高慢さも持ち合わせている〟』

「母を知っているの？」

エリアスは踵《きびす》を返した。

『〝ここに長く棲む者でオンディーヌさまを知らない者はないさ〟』

「主が死んでしまったから、僕はもうお母さまのことを誰からも聞けないと思ってたよ」

『〝残念ながら、わたしに話せることはあまりないよ。お仕えしていたわけではなかったもんでね……そうだよ、ルートヴィッヒに聞いたらいいさ。父親が城仕えの魔法使いに使役されていたとき、あの子はオンディーヌさまのところに来ていたんだから〟』

「そうなんだ」

『〝かなり大きくなってからも、暇さえあればオンディーヌさまに会いにきていたっけね。オンディーヌさまも相手にするもんだから、なかなか諦めきれないってわけさ〟』

「へえ」

亀はまた黙ってしまった。

エリアスはベンチに座り、彼女がもう一度口を開くのを待った――が、いつしかその存在を忘れ、ルートヴィッヒのことをつらつらと考えた。

（ルーイが子供だったなんて……そりゃ、大人のままで生まれてくるわけはないんだけど。僕の母を好きだった？　相手が精霊じゃしょうがないって諦めたのに、長い眠りから目覚めてみたら僕っていう子供が生まれていたんだよね。ちょっと嫌な気持ちになったかもね）

夜風が肌を刺してくるのに、滴の子たちが薄衣を手に近づいてきた。それを受け取ったものの、エリアスはルートヴィッヒの赤い上着を華奢な肩に纏った。

匂いとどっしりした重さに包まれつつ、自己憐憫《れんびん》に浸る。

（……僕を母の代わりにしようと？）

たとえ身代わりだったとしても、あの夜のときめきと充実感はエリアスのものだ。

（あのとき、僕は生まれ変わったような気さえしたんだけど。百五十年ぶりの行為に特別感はあったにせよ、ルーイには大したことではなかったのかもしれない）

母の代わりにはなれない。

エリアスはオンディーヌの子供だが、生粋の水の精霊ではない。ましてオンディーヌ自身ではないのだ。

＊４＊

その日を境に毎日のように届いていた花束が途絶え、夜ごとエリアスは東屋のある真ん中の湖を訪ねるようになった。

ルートヴィッヒが来ていないと分かっているから、水中から顔を出すことに躊躇いはなかった。

会いたいのか、会いたくないのかは自分でも分からない。分からないから、とにかく来ていないことを確認せずにはいられなかった。

その思いの裏には、遠くから彼を一目だけ見たいという気持ちがあった。

それにしても、日課のようだったのに、なぜあれ以来ルートヴィッヒは湖を訪ねてこなくなったのか。単純に宰相として多忙になったのか、それとももうエリアスには会えないものと諦めてしまったのだろうか。

長寿の亀は浮島に上がっていることが多かった。

亀は気儘《きまま》で、話しかけてくることもあれば、まったく無視することもある——いや、彼女は目や耳があまり利かなくなっているのかもしれない。

落ち着かない気持ちが高まったある日、エリアスは日が沈む少し前に湖から顔を出した。

薄墨色であるべき南の空が赤く染まっているのを目にした。太陽が沈もうとしている西の空よりも淡い赤だ。

そして、爆発音も。

カルトリオ共和国軍が東の国境に現れたときのことを思い出した。

あのときエリアスは甥のヨナスと共に塔の上にいて、今にも飛び出してきそうだったヴァリエの敵兵を見下ろしていた。背中に冷たい汗が流れ、いてもたってもいられなくなったのを覚えている。

「まさか、また戦争？」

　小首を傾げた。

「南はベルタ妃の祖国クラートス王国だけど……」

　長らくアストリアとは友好国の関係にあった。

　聞きつけて、亀が呟くように言った。

『〝ついに攻めてきたかい、クラートスが。別に驚くようなことでもないけどねぇ〟』

「ベルタ妃が東の城に幽閉されてしまったことへの抗議かな？」

『〝表向きの口実はそれだろうよ。だけど、クラートスはずっとアストリアを狙ってたのさ。アストリアは五国に接し、どこに攻め込むにも拠点となり得る立地だからねえ。末の王女を王室に送り込み、彼女のヴァリエ嫌いにかこつけて軍の弱体化を謀った。ずっと攻め入るチャンスを窺っていたとしたら、王座が空いている今がチャンスじゃないのかね？〟』

「え、王座が空いてる？　アルベルト王太子はまだ戴冠していないの？」

『〝戴冠するはずだった兄王子が行方不明になったからといって、すぐに王座に就けるものでもあるまいよ〟』

　亀はいうまでもないといわんばかりに鼻を鳴らした。

『〝兄王子は死んだわけではないから、まずは探すのが手順ってもんだ。そもそも兄王子はヴァリエ差別撤廃の象徴としての存在だったんだろ？　その即位が適《かな》わなかったとなったとき、王太子による陰謀説が出回るのは必然だろうよ。だって、アルベルト王太子はあのベルタの息子なんだからね〟』

　虚しく湖を訪れていたルートヴィッヒの話し相手になっていたせいなのか、他に情報を得る手段を持っているのか、とにかく亀は事情通で物知りだった。

「アルビーは差別主義者じゃないよ」

『〝それはそうかもしれないが、なかなか国民には伝わるまいね。人は良くない噂《うわさ》のほうを信じるものだ。戦争を収めてみせるなどして、実力を示すのが手っ取り早いだろうよ〟』

「だったら、ドラゴンがいるから大丈夫だね」

『〝油断は出来まいよ。四十年ものヴァリエ差別のせいで、アストリアの軍隊は弱体化しているからねえ。それに、先のカルトリオ共和国とのいざこざのときにドラゴンが現れたという話は、当然クラートス側にも伝わっているはずさ。それでも攻めてきたというのは、あちらさんに勝算があるってことだ。ドラゴンに対抗しうるバケモノを手に入れたか、はたまた新たな武器を開発したか〟』

「ドラゴンより強い生物なんていないでしょ？」

　この世の動物の中で、今現在はルートヴィッヒが最強のはずだ。

『〝遠い過去には匹敵するものがいなかったわけじゃないよ。ヒドラやマンティコア、グリフォン…などが何らかの方法で甦って、かつ人間の言うことを聞くように飼い慣らされているとしたらどうだい？〟』

図鑑でしか見たことがないそれら伝説上の生物を思い浮かべ、エリアスはふるふると頭を振った。

「……有り得ないよ」

そう口にはしたものの、それら凶暴そうな怪物が国境付近に現れたら、ドラゴン以外に相手になるものはいない。

『〝クラートス王国の王室は、かねてより魔法使いよりも錬金術師を重んじてきたそうだよ。優秀な錬金術師は複数の動物を合わせ、とんでもない怪物を作り出せると聞いたことがあるね〟』

「ど…どんな怪物が相手だって、ルーイは負けないと思うけど……」

『〝それならいいんだけどね〟』

南の空はもう真っ暗になっていたが、不意に花火のようなものが打ち上がり、空をパッと明るくした——日の傾きと共にその日の戦いはひとまず終わっても、相手の様子を窺うために定期的に火矢が放たれるのがならいだ。

（戦争が起きているのに、僕はここでのんびりしているわけだ）

自分だけ平和な場所に身を置いている。

東の国境での戦いや内乱を経て、エリアスは戦争がどういうものか分かっていた。その一方で、自分の出る幕ではないと自覚していて、より無力感は大きい。

（前王の子として生まれたっていうのにね）

しかし、戦争は恐ろしい。

兵士たちの猛々しさ、軍が全体に発する威圧感には辟易《へきえき》させられる。

必ず誰かが死ぬだろうし、怪我《けが》をする。武器、塀、建物……物はまた調達出来るかもしれないが、命は永遠に消えてしまう。

三人の滴の子が心配そうに顔を覗き込んでくる。

亀が言った。

『〝震えているのかい？〟』

「……戦争は嫌なんだ」

『〝いいものじゃないのは確かだね。まあ、水の精霊の関知することではないよ〟』

「………」

自分の関知することではない、と切り捨てることが出来たらどんなに気持ちが楽だろう。湖の底にいて、この湖だけを守っているのが水の精霊としての最低限の仕事だが。

（アルビー、オットー、アストリアの兵士たち……みんな、どうか無事でいて。もちろん、ルーイもだよ）

エリアスは両手を握り締め、南の空を眺め続けた。

＊

翌日の夕方、投げ込まれたばかりだという花束を受け取るなり、エリアスは東屋のある一番大きな湖に急いだ。

湖水の中をするりするりと潜り抜け、少し欠けた月が浮かぶ水面に顔を出した。

浮島に身を伏せる格好で、真新しい赤い甲冑を身に着けた男のシルエットを目で捕らえた。

(ルーイだ)

戦場から戻ってきたのだろうか、はたまたこれから行くところなのか。

久しぶりに見るルートヴィッヒは相変わらずの美丈夫だった。

燃えるような赤い髪と端麗な顔立ち。鎧のせいで肩幅が一層広く見え、男っぷりの良さはいや増していた。

(ルーイは無事だし、これからだってきっと大丈夫だ)

そう確信すると、エリアスは水底の住まいに戻ることにした――心の中で激励するに留め、姿を見せるつもりはなかった。

戦争のいきさつを考えれば合わせる顔はない。

それに、もしルートヴィッヒが水の精霊との恋愛を望んでいるならば、経験値の低いエリアスでは役不足だ。そうだと分かって、おめおめと彼の前に出て行こうとは思わなかった。

人としても精霊としてもエリアスは中途半端すぎた。

精霊としての姿・能力にはおよそ精霊らしくない。そうかといって、人としては存在が不自然だった。

ヴァリエの生殖能力が低いのは、結局のところ人間でないからだと思う。何世代にも渡って人間と交わり、その特異な体質を親から子へと伝えていくことはまずない。

一代限りで滅びるのが運命なのだ。

その虚しい営みを考えると、ヴァリエは恋愛をすべきではないのかもしれない。実を結ばない肉体関係に意味はないし、未来はないと思う。

そもそもルートヴィッヒとエリアスの場合は男同士だから、実を結ぶことはハナからない。

（初恋の思い出を胸に抱いて、僕はここでひっそり生きていくよ。僕がここにいるだけでアストリアの国民の役に立てるんだから、孤独なんて何でもない）

たった一回でも好意を持った人に抱かれ、快感に喘ぐことが出来て良かったと思っている。ルートヴィッヒは優しかったし、人間として貴重な経験だった。

赤い髪を靡《なび》かせ、夜風に佇むルートヴィッヒをせめて…と目に焼き付けた。

立ち姿が雄々しい。

「ああ」

思わず溜息が漏れたが、この距離ではきっと聞こえないだろう。

そこへいきなり声をかけられた。

「エリアス、いるんだろ？」

ぎくりとした。

月が出ているとはいえ、湖面は暗い。東屋の方からこちらが見えるわけはなかった。

しかし、ルートヴィッヒはドラゴンだ、夜目が利いたとしてもおかしくはない。そこに気づかなかったのは、恋心ゆえの愚かしさか。

慌てて水に潜ろうとしたが、どうしてか身体が思ったように動かなかった。

目を逸《そ》らすことが出来ないのだ。

視線でエリアスを縫い止めたルートヴィッヒは、ことさらゆったりした仕草で甲冑とシャツを脱ぎ、逞しい上半身を晒《さら》した。

そして、翼だけをドラゴン化してのけた。

彼は湖の上を飛んでくると、硬直しているエリアスを軽々と掬い上げた。

金縛りは解けず、抗《あらが》うことは出来なかった。

「やっと会えたな」

「………」

湖のひんやりした水温に馴れた身体に、充実した肉体が熱く感じられた。早速、水の精霊に徹しようとしていたエリアスの決意を溶かしにくる。

（孤独でいいって思った矢先だったのに……ああ、どうして？）

東屋へと運ばれた。

「オレから逃げられると思ったか？」

落ちてきたキス——避けられない。

熱い唇に溶かされ、他にどうしようもなく唇が緩んだ。

ルートヴィッヒの舌に翻弄される。口腔内を自在に愛撫され、舌先を甘嚙みされた。溜まった唾液が泡立ってくる……。

いつしか金縛りは解け、エリアスは彼の首に手を回していた。

気がつけば、その手指から水かきが消え、魚だった下半身も二本の足に変わっていた——完全に人間に戻ってしまっていた。

「お前にとって、王座は魅力的ではなかったか……オレっていう宰相が漏れなくついてくるのになぁ」

「……い、一国の王として、僕は何も出来ないもの」

「たとえ何も出来なくても、王座にいて崇められるのが王ってやつだが？」

エリアスは首を横に振った。

「そんな王は嫌だよ」

「このオレを百五十年の眠りから目覚めさせて、何も出来ないはない」

「あ…あのときはただ無我夢中で…——」

「無我夢中になれば、お前は何でも出来るんだよ。国民を魅了して、黙らせることくらい朝飯前のはずだ」

「そんなこと、僕には出来ないよ。だって僕は母とは違うもの」

「いや、違わない。お前は母親にそっくりだ」

再び唇が押し当てられた。

差し入れられた舌をどうして吸わずにいられるだろう。

舌を絡ませ合い、呼吸を忘れるほど唇を貪り……身も心も溶けてしまっては、もうしがみつくしかない。

(違うのに、違う…のに)

足の付け根に熱が集まってくる。

堪らず、天を突くかのように勃ち上がったそれをルートヴィッヒに押しつけていた。

「オレに抱かれたいか？」

素直にこくりと頷いた。

「もうオレを避けてくれるなよ」

「……ルーイの相手として、僕は子供すぎるんじゃない？」

「もう大人だろ。大人じゃないってんなら、オレがなんでも教えてやるよ」

「なんでも？　それでルーイは楽しいの？」

「楽しいさ」

ルートヴィッヒは脱いだ衣類を床に広げ、エリアスをそこに横たえた。恥じらいに膝を閉じる間を与えず、覆い被さるように身体を重ねる。

彼の体温と匂いに包まれると、エリアスは至福の溜息を吐いた——結局のところ、ルートヴィッヒになら何をされてもいい。

（やっぱり好きだ。初めての相手だから、それで忘れられないだけだと思っていたけど……）

彫りつけたかのような美々しい目鼻立ち、油断ならない輝きを放つ琥珀の瞳、自由気儘に跳ねている赤い髪……それら特徴の一々を好ましく思う。

すらりとして見えるが、盛り上がった胸や割れた腹部の男らしさには目眩がする。

男性にしては体毛が薄く、滑らかな褐色の肌もいい。

（出来ることなら、こんな男に生まれたかった）

汗の匂いも嫌ではない。

低くてよく通る声は特に好きだ。囁きに鼓膜が痺れ、言葉の意味さえどうでもよくなる。ひたすら耳を傾けていたいだけ。

初体験の緊張と少しばかりの恐怖が過去のものとなった今、エリアスはルートヴィッヒのどこにも嫌悪する点を見つけられなかった。

美しい、唯一無二のドラゴンの息子。

エリアスの耳の横に手をついて、細くした目でエリアスを眺め下ろしてくる。

「少し大人びたか？」

「……ルーイのせいだ」

「オレのことばっかり考えてたんだろ？」

「そんなことはなかったよ」

忘れようとしていたせいか、湖の外のことは遠く感じられていた。水中を漂い、現実を生きていなかったかもしれない。

「つれないことを言うなよ。このオレを毎日ここに通わせるなんて、とんだ小悪魔だぞ」

苦笑しながら、軽く頬を叩《たた》いてくる。

ふと真面目な顔つきになって言った。

「エリアス、オレは明日いよいよ戦場に出て行くことになった。この国と王太子アルベルトを守らなければならない。だから今日はどうにかしてお前に会いたかったんだ」

「ルーイは強いでしょ？」

「まあな」

「クラートス王国の錬金術師が相手でも大丈夫だよね？」

琥珀の瞳に怯えはないが、戦う前の過剰な高揚も見られなかった。ただひたすら澄み渡って美しいだけ。

ルートヴィッヒは冷静だった。

「やつらが作り出したキメラは気色悪いが、見たところあまり知性はないようだ。操っているやつを倒せばたぶん終わりだ。分かっている。それでも――」

戦場では何が起こるか分からないからな、とルートヴィッヒは小さく付け足した。

「最強と言われたオレの父親も死んだ」

「母は…オンディーヌは、幼かったルーイを慰められなかったでしょうね」

「それは精霊だからな、しょうがない。彼女は人の喜怒哀楽に興味は持っていたが、その当時は理解するまでに至らなかった。父は死んだかもしれないが、自分は生きているんだからいいじゃないと言われたよ」

「……」

「そんな顔をするなよ、お前が気にすることはない。精霊とはそういうものなんだ」

「僕は違うよ」

「ルーイが戻ってこなかったら悲しい。アストリアが洪水になるくらい泣くと思う」

憤然とエリアスは言った。

「いやはや変わり者の精霊だな」

そう言ってから、ルートヴィッヒは告白した。

「オレはさ、お前に自分が精霊だってこと気づいて欲しくなかったんだと思うんだ。王冠を被らせ、傍らにいるオレの声しか聞こえなくさせようって……姑息《こそく》なことをしたよ。許してくれるか？」

「僕と母を混同してない？」

「するかよ」

「僕を好きだって言ってくれるなら、もういい。許すよ」

「言わなきゃダメか？」

ちぇっと舌打ちをしてから、ルートヴィッヒは渋々言った。

「好きだ」

それで充分だったはずが、エリアスはどこが好きか聞きたくなった――いや、彼の声音に耳を傾けていたかっただけかもしれない。

最初の関門を越え、案外雄弁にルートヴィッヒは語った。

「まずは顔だな。母親に似た可憐な顔立ちが好みだ。滑らかでひんやりとした肌が気持ちいいし、抱いているうちにオレに合わせて熱くなっていくのもな。口数は少ないが、頭の回転が良さそうなところ。オレのキスとかすることを覚えて、一生懸命返してくるのが可愛らしいね。手取り足取り教えているつもりなのに、オレのほうが夢中にさせられちまった。これには正直ちょっと狼狽えたね」

「狼狽えたの？」

「オレのほうが惚れているってのはあまり経験がない」

そう明かしたルートヴィッヒはちょっと憮然《ぶぜん》としていた。

エリアスは目を丸くした。

「どう考えたって、僕のほうが好きだと思うけど」

「それはどうかな」

ルートヴィッヒはちゅっとエリアスの鼻先にキスを落とした。

「オレの無事を祈ってくれ。もちろん、王太子の無事もな」

「もちろん」

「その前に抱いてもいいか？」

頷いて、エリアスはルートヴィッヒに腕を回した。

唇を重ねた。

触れ合わせただけで一旦離れて、目を合わせてから今度は深く……——貪るように角度を変えて啄み合った後は舌で探り、執拗なくらいにねっとりと絡め合った。

唾液が甘くなる。

口づけでエリアスを陶然とさせながら、ルートヴィッヒは華奢な身体を手で辿った。尖った肩を撫で、首筋をくすぐってから、胸に掌を置いた。

そこが感じる場所だというのは分かっていたし、覚悟もあったつもりだった。

しかし、覚悟なんて何の意味があるだろう。

「……あっ、あぁ」

先端を転がされ、立ち上がってきたところを摘まれる。少しの痛みとくすぐったさで、エリアスは身悶えを放った。

羞恥心は吹き飛んだのかもしれない。

ルートヴィッヒの手首を摑み、触って欲しいところへと導くのに躊躇いはなかった。

それはもう臍《へそ》に届きそうなほど勃起していた。

ルートヴィッヒの長い指にぎゅっと握り込まれ、エリアスはひゅっと喉で鳴いた。ぺろりと唇を舐めて、ひとまず口づけが終わった。

掌で触られたところを唇がなぞる。

順序が分かっているから、エリアスは期待する。そして、期待通り…いや、期待以上の刺激を受け、一層のこと高ぶった。

(む、胸が……)

また胸の突起にしゃぶりつかれ、そこから放射状に快感が広がっていく。

「ね…ねぇ、え」

エリアスは足を開き、ルートヴィッヒの腰を挟みつけた。

二本の固い肉棒が重なった。

互いを摺り合わせ、しばしその状態を楽しむ。

しかし、エリアスはルートヴィッヒとの確かな繋がりが欲しくて、もはや我慢しきれなくなってきた。

「……だから、ね」

いやいやと首を横に振る。

「せっかちだな」

ルートヴィッヒの余裕が悔しいやら、好ましいやら。

ころりと俯《うつぶ》せにされた。

うなじから背中へ。

這ってくる唇に、まだまだ感じるところがあるのを知った。背骨に沿ったキスの仕上げに腰の括《くび》れに息を吹きかけられ、ぞくぞくと這い上がってくるものに鳥肌立った。

脇腹の濃くなった鱗の痣を舐め上げられ、身も世もなく悶えた。

四つん這いの獣のような格好で準備をされる頃には、そこにルートヴィッヒを受け入れたくて腰を揺らしてしまっていた。

勃ちっぱなしの先端からは先走りがだらだらと溢れている。

「オレが欲しいか？」

こくりとすると、素直でいいと尻を丸く撫でられた。

差し入れられた指で中を広げられ、もどかしさに泣いた。ルートヴィッヒが怪我をさせるまいと慎重にことを進めているのは分かっているが、欲しいのは指ではない。

二本に増やされた指が深々と入ってくる。

「お…おぉ」

エリアスはそこを擦られる快感を覚えていた。

そこだと思った途端、前が弾けた。自分が吐き出した体液に濡れながら、脱力しかかったところを抱え直された。

熱くしなったものがあてがわれる——欲しい。だから入れて、もっと。

「……っ」

ルートヴィッヒの低い呻き声が背中にかかる。エリアスが力を抜いていても、張りきった先端を無事に収めるまでは微妙な力加減を要した。

狭い入り口を最も太いところが通過して、突き入れるほうも受け入れるほうも同時にふっと息を吐いた。その先はあっけなく、根元まで収めるのも容易だった。

そこを肉棒でぎりぎりいっぱいに開かれ、内臓を押し上げられるのは苦痛でないこともなかったが、エリアスは嬉しかった。

孤独ではない。

二人が繋がっていると感じられるのを喜んだ。一人ではないと実感出来るのなら、多少の苦痛や不快は耐えてみせよう。

しかし、良くしたことに、苦痛はすぐに快感に転じた。

ルートヴィッヒが動き出して内壁が擦られ始めると、めくるめく快楽の波でエリアスは揉《も》みくちゃになった。

思うさま揺さぶられ、頭に浮かんだことはことごとく振り落とされていく。

（もう何も考えられない……！）

ルートヴィッヒが心の声で言ってきた。

『考えるな、感じろ。身体中でオレを感じていればいい』

熱くて硬いルートヴィッヒの肉棒が暴れている。まるで小さなドラゴンだ。それを水のような包容力で包み込めたらいい。

（僕の中にルーイがいる）

一目惚れだった。

こんな美しい男はいっそ危険だ、と恐れたくらいに。

ルートヴィッヒの手がエリアスの前を探ってくる。いつの間にか再び勃ち上がっていたものを捕らえ、握り込まれた。

『お前をいつもこんなふうに摑まえておきたいんだ、オレは』

ルートヴィッヒの心の声に切なさを聞き取る。

そのときのエリアスには考えられなかったが、彼も長い長い寿命を持て余し、孤独に生きてきたのである。他のドラゴンは魔法使いと契約を結ぶが、ヴァリエのルートヴィッヒは使い魔にはならない。

自由はあってもいつも一人だ。

エリアスはただルートヴィッヒを感じ続けた。身体の深いところで繋がり、無防備な自分を彼の手に委ね……——。

「う、ううっ」

情熱的な営みの果て、ついにルートヴィッヒが欲望を解き放った。エリアスも同時に放っていたが、その自覚はない。

まだ身体を繋げたままで、エリアスは後ろにいる彼を振り返った。

「ル…ルーイ、必ず…戻ってきて」

「ああ、必ず」

「アルビーを…アストリアを守ってね」

「もちろんだとも」

力強く答えて、ルートヴィッヒが口づけてきた。

「お前はもう何も心配するな」

「………」

名残惜しく唇を離した途端、エリアスは床に崩れた。すかさず汗に濡れた身体が重なってきて、その重みにエリアスはうっとりと微笑んだ。

頬にタイルの冷たさが気持ち良い。

(……僕、幸せかも)

気怠《けだる》い疲労を感じながら、このままルートヴィッヒの呼吸をずっと数えていられたら……——。

そんなエリアスの目の先を、くだんの亀がのそのそと歩いて行く。

彼女はこちらを一瞥もせず、ただ不機嫌に言い放った。

『〝いやはや、地震かと思ったねえ。せっかくの東屋を壊さないでおくれ〟』

そして、手すりの一番低い横棒をくぐり、ドボンと愛想のない音を立てて湖の中へと飛び込んだ。

*

クラートス王国との南の国境線での戦いは五日目となった。

探り合いの四日間は終わり、いよいよ最終決戦というのは両国共通の認識だった。

今日こそは持てる戦力の全てでもって、クラートス側はアストリアへ一気に侵入するために、アストリア側はクラートスを退けるために決着をつけることを狙っている。

もともとアストリアは小国で、国力で大きく劣るクラートス王国とは婚姻関係を結ぶことによって侵略を免れてきた。

しかも、アストリアの近年は凶作続きで国民は疲弊し、ヴァリエ差別による不穏な空気もあった。

先の内乱後、早速国民として迎えられたヴァリエを加えて力強さは増したが、まだまだまとまりに欠ける軍で敵国に立ち向かわねばならない。

そのあたりの不安を補おうと、王太子自らが戦場に赴いていた。

四日目までは後方の砦《とりで》にいた王太子だが、五日目は戦場に降り、先頭に立って戦おうという意気込みだ。もちろん、ビューロー伯爵の次男オットーが率いる近衛隊が手堅く守る上に、ドラゴンのルートヴィッヒもついている。

エリアスはというと、遠く離れた五大湖にいて気を揉むだけ。

湖があるアストラ山はほどよい湿気を帯びた清浄な空気に満ちているが、南の地平線はオレンジ色に霞《かす》んで見えた。

エリアスは湖の浮島に上がった。

肩に薄衣をかけた格好で、膝に抱えた水鏡を覗き込む――川を下っていった滴の子たちが目にしたものがこれに映し出されるのだ。

かなり細い流れとなりながらも、南に向かった川は戦場のすぐ近くにある貯水池へと注いでいた。

果たして、ぼんやりと映し出されたクラートス軍は強そうだった。

前方をヴァリエと思われる屈強な兵士たちがずらりと固め、そのすぐ後ろに大砲を乗せた荷車が並び、さらに騎馬隊が続いている。

不意に、最前列のヴァリエ兵たちの前に三体の怪物が降り立った。

（これがキメラか！）

いろいろな動物や怪物の寄せ集めといった身体は不格好で、三体とも吐き気を催すほど醜かった。

犬なのかサイなのか、はたまたダチョウか。蛇の要素もあれば、虎にも見える。よくもこんな怪物を作り出したものだ。

獲物を求める血走った目の禍々《まがまが》しさに、全身の毛穴が立ち上がる。

「……ル、ルーイ」

ルートヴィッヒはこれらを相手に戦わねばならない。

翼がある一体のキメラが突発的に動き、それをきっかけに両軍が前進した。入り乱れるまでさほどの時間はかからなかった。

砂埃《すなぼこり》がもうもうと上がり、水鏡では戦場の様子は分かりかねた。

ときどきドラゴン化したルートヴィッヒの赤い身体が見えたりするも、断片的で、劣勢・優勢すら判別しかねた。

決定的なことは何も分からないまま、長い長い時間が過ぎていく……。

焦燥と苛立《いらだ》ちに呼吸を乱しながら、エリアスは他にどうすることも出来ないまま、ただ背中に不快な汗を流し続けるだけ。

(水の精霊として、ここにいるのが僕の務めだよね?)

五大湖を維持することでアストリア国民を守っていると誇っていいはずだが、やっぱりエリアスは戦えない自分を嫌悪してしまう。

勇猛果敢な武人であるビューロー伯爵の長男として育ったせいだろうか。

もっとも、戦場に行ったところで自分に何が出来るだろう。剣術も弓も得意ではなかった。

この前のウルトリアとの東の国境線での戦いでは、ルートヴィッヒを起こして加勢して貰うことを思いついた。

なにか奥の手はないものか。

自分に出来ることは……？

ときどき滴の子の呟きが伝わってくる——水の具象化である彼らは基本的に言葉を操らないが、水の精霊であるエリアスとは深いところで繋がっている。

『（キメラが口から毒の唾を吐くと、皮膚が溶ける。とても危ないわ）』

『（クラートスのヴァリエとまともに戦ったら勝ち目はない。小回りを利かせて、中に入っていく作戦が上手く機能しているようよ）』

アストリアが一方的にやられているわけではないらしい。

『（ドラゴンが火を吹いて、クラートスを下がらせたわ）』

ドラゴンは一体で数千人にも値する働きをすると言われている。かぎ爪で毟《むし》り掴み、翼で薙ぎ払う。火を吹けば、動物的なヴァリエ兵ほど恐れて後退する。

砂埃の中の揉み合いは続いた。

どれくらい経っただろう、東側にあった太陽がいつしか真上に昇っていた。

『（ああ、ダメ…ダメ！　王太子はここまで前に来ては…——ドラゴンが間に合った、間一髪よ）』

『（クラートスの騎馬隊が正面から来たわ）』

『(アストリアは二つに分かれた、挟み撃ちするつもりね)』

まだ勝機は二国間を行ったり来たりしている。

『(キメラがドラゴンに噛みついた！　ドラゴンはキメラを振り払おうとするけど、キメラはなかなか離れないのよ)』

『(とうとう近衛隊が錬金術師を捕まえた！)』

指示が途絶えたらしく、キメラの動きが止まった。

その隙に、アストリア軍はクラートス軍を押しまくった。騎馬隊が国境線のずっと向こうに彼らを押し出し、さらに遠くへと追っていく。

操者を失ったキメラたちはどう動くべきか躊躇っていたが、退却したクラートス軍の後ろに野火を放って戻ってきたドラゴンを目にするや、闘争本能だろう、わっと襲いかかってきたのだった。

『(キメラが二体でドラゴンにかかっていくわ)』

『(こっちの一体は王太子の方へ！)』

その場面は水鏡にくっきりと映った。

エリアスはもうじっとしてはいられなかった。

肩に巻いていた薄衣を腰に巻き付けると、身を躍らせて湖に飛び込んだ。

川を下っていく。

(遅い！)

流れの遅さに苛立ち、無我夢中で空中に大河を作ってのけた。幻の川を一気に下って、たちまちのうちに戦場に降り立った。

しかし、戦いはもう終わっていた。

王太子と近衛隊員四名を守るように、赤いドラゴンが立ちはだかっていた。その足元にキメラ三体の死体が折り重なっていた。

ルートヴィッヒはキメラを倒し、王太子を守ったのである。

「ルーイ！」

エリアスが呼んだのに、ルートヴィッヒは無反応だった。

（――ま、まさか）

立ったままで死んでいるのかと思った。

それほどドラゴンの身体は無惨なことになっていた。

身に着けていた赤い鎧は首や胸部、脛を守ったのかもしれないが、もはやぶら下がっているだけである。無数の傷からは緑色の体液がどくどくと流れていた。

鱗が剝がれて露出した赤い皮膚は、キメラの体液を浴びたのだろう、ところどころオレンジ色に溶けていた。溶解は止まっておらず、そこから黒灰色の煙が上がっている。

爪のほとんどが剝がれるか、欠けているかしていた。

翼もぼろぼろだ。片一方は折れているのか、不自然に傾いていた。

「ルーイ、僕だよ!?」

もう一度呼びかけたが、ドラゴンは閉じた目を開けようとしない。

(ど…どうしよう)

荒い呼吸音から生きているのは辛うじて分かる。

しかし、大きなドラゴンのままでは運ぶことさえ出来ない。手当てをするのも難しい。ルートヴィッヒが獣化を解いてくれない限り、誰もどうすることも出来ないのだった。

せめて傷を洗ってやろうと、エリアスは呼び集めた水でルートヴィッヒを包んだ。

傷に滲《し》みて、赤いドラゴンは高く鳴いた。

キャアアアア――ンッ!

そして、目を開けてエリアスをちらとだけ見た。

「ルーイ、大変だったね。アルビーを守ってくれてありがとう」

『……ざまぁなかった』

一呼吸か二呼吸後、彼はドラゴンからほぼ人間の姿になった――たぶん、これが彼の生まれたままの姿なのだろう。

頭に角と先が尖った耳、びっしりと鱗に覆われた背中……折れた翼が痛々しい。

壊れかけの鎧が身体からするりと抜け落ち、傷だらけの褐色の身体の全部が露わになった。ひどい怪我だ。

医療部隊が担架を持って近づいてくると、エリアスはルートヴィッヒを水の中から出して彼らに引き渡した。

ここまで、アストリア軍は誰も勝利の雄叫びを上げてはいなかった。

王太子アルベルトが通る声で言った。

「我らがドラゴンを先頭に皆が力を合わせ、わが国に勝利をもたらしたのだ。アストリアは大国クラートスに勝利した！　大いに誇ろうではないかっ!!」

わっとアストリア軍は声を上げ、手と手を取り合って勝利を喜んだ。

王太子がエリアスに向き直る。

「エリアス、久しぶりだね」

抱き締めようとしてくる彼からエリアスは後ずさる。

「……僕は王座から逃げてしまいました。不甲斐ない兄でごめんなさい」

「本当は分かっていたんだよ、エリアスには国を治めるなんて重荷にしかならないのは。だけど、父である王が去り、内乱の後の国を建て直す自信がわたしにもなかったんだ。わたしの母はあれだけヴァリエに憎まれたベルタだからね……エリアスを前に立て、責任を分けてしまおうと思ったのはわたしの弱さだった」

すまないと謝られ、エリアスは恐縮してしまった。

「あなたは弱くないです。弱いのは僕だ」

いやいやと王太子は首を振る。

「湖を満たしてくれてありがとう。全国民に代わって礼を言わせて欲しい」

国を統べる者として、王太子はエリアスに言った。

差し出された手を握った。

「僕はただいるべき場所に戻っただけです」

「水の精霊として生きるんだね？」

「それが僕に出来る精一杯なんです」

「寂しくはない？」

「ときどきルートヴィッヒが会いにきてくれるから、きっと大丈夫ですよ」

前国王の息子である兄弟がお互いの生き方を認め合ったとき、勝利に湧くアストリア兵の上を伝令の鳥が飛んできた。

鳥の足が赤く染められている——火急の知らせだ。

オットーが鳥を捕らえ、結びつけられていた紙に目を通す。

「た、大変ですっ」

彼は王太子に膝をつき、語るのを許されるまで待つというマナーを忘れていた。

「東の国境にまたカルトリオ共和国の軍勢が押し寄せ、前国王とビューロー伯爵、周辺領主たちが応戦中とのこと」

「な、なんだって!?」

王太子の顔色がさっと変わった。

ドラゴンは大怪我を負い、兵士たちも疲れている——いや、疲れていなかったとしても、ここから東の国境までは三日から四日の行程だ。

最も足の速い一角獣にしても半日以上はかかるだろう。

ペガサスで三時間。

しかし、ペガサスを乗りこなせる者は国中探しても十人いるかいないか。気難しいペガサスは気に入った者——美しい少女しか騎乗させないと言われている。

王太子は頭を抱えた。

間に合わないとしても、向かわねばならない。

いや、国境の城壁を破られたとして、どこで彼らを迎え打つことになるのかを考えるべきか。万全の構えで待ち、根絶やしにせねばならない。

命じられる間もなく、王太子の腹心であるオットーが近衛隊のみならず各部隊長を集め始めた。疲労困憊《こんぱい》であろうと、国のために戦わねばならないからだ。

（……僕が先に行く！）

本当の親と育ての親の危機的状況と悟るや、エリアスは空中に川の流れを作った。この期に及んで、自分に何が出来るかなどは考えなかった。

原野を抜け、山を越え、全てを通り越して辺境へと雪崩れ込んだ。

城壁を越えたところで睨み合う両軍と出会《でくわ》した。

ときどき弓を放つなどの探りを入れつつ、両軍とも本格的な開戦へのタイミングを見計らっているところだった。

カルトリオ軍はいずれ現れるであろうドラゴンに備え、幾つもの台車に剛弓を据えていた。古来に考え出されたドラゴンを仕留める武器である。矢には毒がたっぷり仕込んである。

ここへ駆けつけられないルートヴィッヒはその矢の餌食になることはないけれど、エリアスはカルトリオ軍を憎んだ。

「ゆ、許さない！」

カルトリオ共和国だけではなく、クラートス王国も。アストリアに侵攻しようという全ての国を憎まずにいられなかった。

エリアスは戦場の真ん中に降り立ち、引き連れてきた水の全てを敵軍に向けた。

ド、ドドドド――――ンッ！

乾燥した平原に、突然の大洪水だ。

咄嗟《とっさ》に対応出来た者はごくわずかだった。

重たい鎧のせいで沈みかけながら、多くの兵士たちが地平線まで流されていった。

それだけでは足りずに、エリアスは巨大化させた滴の子を何体も出現させた。

「あ、あれはなんだ？」

「ゴーレムにしてはでかすぎるぞ」

「化け物め。ゆ、弓を射よ！」

滴の子たちの動きは鈍かったが、弓矢を素通りさせる巨人は、恐れを知らないと言われたカルトリオ軍の兵たちに恐怖を与えた。

無邪気な滴の子たちはしゃがみ込み、腰を抜かしかけているカルトリオ兵の顔を覗き込む。

「く…来るな！」

「逃げろ、逃げろーっ」

驚くほどの早さで逃げていく軍勢に、エリアスは駄目押しをした。雨雲を呼び寄せ、彼らの上に大雨を浴びせたのだ。

ザッザー、ザザー、ザザー……——

鎧を貫くような豪雨である。

全てを押し流し、崖に入り込む大量の水。

エリアスは全力を使い切った。

敵を一掃し、戦場を洗い清め、ようやっと強い怒りの感情が抜けた。ふらふらと膝をつくと、いつもの大きさに戻った滴の子たちに取り囲まれた。

うちの一人が空を指差す。

「ああ、虹だね」

雨雲が去り、太陽が顔を出した空に巨大な虹がかかっているのを見た。

「エリアス、エリアスか？」

駆け寄ってきたのは育ての親であるビューロー伯爵だった。その肩ごしに前王フレゼリク五世の姿もあった。

「ち…父上」

エリアスは二人の父に言った。

「僕はアストリアを守りたいのです」

「そうだな」

「前王の最初の子として、水の精霊オンディーヌの子として……そして、辺境伯ビューロー家の長男として育った子としても」

ビューロー伯爵はうんうんと頷いた。

ひょこっと甥のヨナスが顔を出し、エリアスの手をぎゅっと握った。

「エリアスは魚になってしまったと思ってたのに、ちゃんと助けにきてくれたんだね」

握られた手には水かきがあり、耳たぶは鰭のように薄くひらついていた。下半身は二本足になっていたが、腰から膝までびっしりと虹色の輝きを帯びた銀の鱗で覆われている。

「……ヨナスは鎧を着たんだね」

「エリアスのを借りたんだよ。今日が僕の初陣だった。でも、すっごく怖かったな。戦場の真ん中に現れるなんて、エリアスは勇気があるよ」

勇気があるなんて、エリアスは生まれて初めて言われた。

「ドラゴンを起こしに洞穴に入ったときにも思ったけど」

「怪我はない？」

「ないよ」

「良かった」

疲労困憊のエリアスは、もう口を動かすことも、目を開いていることも辛かった。

「すみません、なんだかすごく疲れました」

「そうだろうとも。このままやすみなさい」

老いたとはいえまだ充分に逞しいビューロー伯爵の腕に抱かれ、エリアスは目を閉じたが、意識を手放す前に思ったのはルートヴィッヒのことだった。

（僕に本当の勇気があったなら、もっと早く戦場に駆けつけていたのに……もしかしたら、彼にあれほどの怪我をさせずに済んだかもしれない）

死なないで欲しい。

怪我だらけの姿を思い浮かべ、彼を失うときに味わうだろう絶望に落ち込みかけた。

＊＊＊

父親が戦場に出て行った朝、十四歳のルートヴィッヒは王城の裏口から出て、背に生えている翼をはためかせて五大湖までやってきた。

桟橋に立ち、手斧《ておの》をぽいと放り投げた——精霊への合図だ。

しばらくすると、手斧を抱えた水の精霊オンディーヌが湖の中から現れた。

「いらっしゃい、ルーイ。アルブレヒトは一緒ではないようですね」

「西の国境へ戦いに行ったよ」

「あら、また戦争なのね」

ヴァリエである息子ルートヴィッヒを育てるため、父であるレッド・ドラゴンのアルブレヒトはアストリア国王に仕える魔法使いマーリンの使い魔となった。

マーリンに呼ばれたら、彼を乗せてどこまでも飛んで行くし、戦うように命じられれば命をかけて戦うのが使い魔の役目である。

アルブレヒトはこれまでどんな魔法使いにも屈せず、自由を謳歌《おうか》していたが、生粋のドラゴンではない息子のルートヴィッヒを育てるためにはどうしても人間の手が必要だった。

マーリンはその弱味につけ込んだのだ。

幼いルートヴィッヒは昼間はマーリンの弟子たちに預けられ、山羊の乳で育てられた。少し大きくなると、弟子たちの末席に加えられた。

魔法使いの修業をする一方、貴族の子弟と変わらないほどの知識と教養を身につけさせられた。

夜は必ず父親と一緒に過ごした。父の翼の下に潜り込み、愛情と温もりを感じながら眠りに就いた。

十歳になる少し前に人間に擬態することが出来るようになると、ルートヴィッヒは王子や王女たちの遊び相手を務めさせられることになった。護衛代わりだ。

城仕えは嫌ではなかったが、決して擬態を解いてはならないと言い含められたことがルートヴィッヒには不満だった。

なぜ本当の自分を隠さねばならないのか。

マーリンは礼儀やルールだと説明し、厳しいくらいに徹底するよう強いたが、ルートヴィッヒは納得しきれなかった。

とはいえ、本当の自分の姿は父親以外には受け入れられなかった。ドラゴンたちには翼が生えた人間にしか見えず、仲間として扱われたことは一度もない。

ルートヴィッヒは人間としてもドラゴンとしても中途半端な存在だった。

そんな息子の気持ちを理解してか、父のアルブレヒトは王城を離れたいときは水の精霊のところで過ごすことを許した。

レッド・ドラゴンと水の精霊オンディーヌは昔馴染みだった。

オンディーヌはおよそ感情というものを持たない。ルートヴィッヒの悲しみや切なさ、怒りを充分に理解してくれることはなかったが、さりとて切り捨てることはなく、どんな話にもとりあえず耳を傾けた。

「なぜ人間は争うのでしょうね」

少女の姿をしたオンディーヌは小首を傾げた——なぜ、なぜ、なぜ…と、彼女は口にする。齢五百を超えても理解出来ないのが人間だという。

「他者よりも多くを手にしたい、少しでも得をしたいって思うからさ」

思春期の少年のませた口でルートヴィッヒはさらりと答えた。

「それを欲望っていうのね」

「理解出来る？」

「出来ません」

「そのほうがいいよ。精霊は薄汚れちゃダメだ」

「欲望は汚れの原因ですか？」

「そうだと思うよ」

ルートヴィッヒはオンディーヌを眩しげに見つめた。

自分よりわずかに年上の少女の姿をとっている精霊は、いつも清らかに見えた——レースとリボンで着飾った王女たちよりもずっと。

「一緒に座ってもよろしいかしら？」

ルートヴィッヒが頷くと、オンディーヌは水から上がってきた。腰から下は二本の足に変わったが、薄衣を透かして見えたそれに視線が動いた。

口の中が渇いたのは、淡い性欲のせいだった。

ルートヴィッヒは初体験の相手にオンディーヌを望んでいた。自分のような少年相手に、まさか彼女が頷くとは思わなかったが……――。

不意に、ドーンと重たい音がして水面が揺れた。

「始まったようですね」

ルートヴィッヒは頷いた。

「今回は僕も一緒に行きたいと言ったんだけど、父さんには戦場は子供の行くところではないときつく断られたよ」

「行きたかったの？」

「うん」

王子や貴族の子弟は、十三歳くらいで武装させられた上で戦場に赴くのが普通だ。

「怪我をするかもしれません」

「でも、父さんと一緒にいられるから。父さんが危ないとき、オレが助けてあげられるかもしれないじゃない」

「……ルーイはお父さんが心配なのですね」

「心配って分かる？」

「少しは」

「そっか」

しかし、精霊は俯いたルートヴィッヒの肩を抱いてくれた。水の精霊は温かい皮膚を持っていなかったが、それでも充分慰めにはなった。

湖に寄り添い合う二人が湖面に映った。

「恋人同士に見える」

ルートヴィッヒが顎をしゃくると、オンディーヌはくすりと笑った。

「恋愛ってどんな感じなのでしょうね」

「自分以外の人を好きになったことはないの？」

「ないわね」

「寂しいから誰かと一緒にいたいって思ったことは？」

「それもないけれど、誰かと一緒にいるのは楽しいです。でも、人間は命が短いからすぐ一緒にいられなくなってしまう」

「人間は好き？」

「わたしとは違う種族ね。だから、面白く感じただけなのかも」

そのとき、一匹の魚が湖面に顔を出したため、湖面の二人の姿は生じた波紋に巻き込まれ、掻き消されてしまった。

　がっかりしたが、ルートヴィッヒはそうとは口にしなかった。

　何かを感じたらしく、オンディーヌは言い出した。

「あなたのお父さまとお母さまの話をしましょうか？」

「お母さんを知っているの？」

　精霊はええと頷いた。

「東に旅立ったアルブレヒトが、彼女を背中に乗せてここへ戻ってきたのです」

「ドラゴンが人間の女と恋をして、オレが生まれたんだよね？　オレはお母さんを覚えていないから、現実にあったことだとは思えないんだけど……」

「自分の存在があっても？」

「まぁそれはそうなんだけどね」

「二人はちゃんと愛し合っていたと思いますよ」

　オンディーヌは自分が二人の出会いに少しだけ関与していると言った。

「その頃、わたしのことが好きだというケンタウルスが毎日のようにお花を届けてくれていたんだけど、その中の一輪をアルブレヒトが気に入って……花びらがたくさん巻いている花で、匂いが好きだったのでしょうね、しばらくしてケンタウルスが来なくなると、彼はそれを探しに行くと言って出かけたのです」

オンディーヌが言う花とはバラのことだ。確かにルートヴィッヒの父が好きな花だった。

「アルブレヒトは国中を探し回り、ついに東の果てにあるお城の温室にその花を見つけたの。彼は小さな蜥蜴《とかげ》になって、温室に忍び込んだとか。そして、そこであなたのお母さまと出会ったのです」

ビューロー伯爵令嬢エリーザベト。

エリーザベトは珍しい赤い蜥蜴に悲鳴を上げたが、侍女が蜥蜴を処分しようとしたとき、可哀想だと止めたのだ。

そして、小さな蜥蜴を鳥を飼う籠の中に入れて保護した。

蜥蜴にどんな餌を与えたらいいのか知らなかったらしく、彼女は籠の中にバラの花を入れた。蜥蜴に化けたドラゴンは芳《かぐわ》しい花の中で眠ることが出来た。

「アルブレヒトは花も気に入ったけど、エリーザベトのことも気に入ったの。彼女が着ていたドレスが花びらのようで、彼女自身もとてもいい匂いがしたからですって。夜になると、アルブレヒトは今度は人間に化けてみせたそうよ。でも、ヴァリエではないから、完璧に化けることは出来なくて……翼や角は生やしたまんま。たぶん、今のあなたみたいな感じだったでしょう。それでも、エリーザベトはアルブレヒトを大好きになってくれたんだとか」

温室の装置が壊れ、バラが全部枯れてしまったとき、ドラゴンはねぐらのあるリューネ山脈に戻るときが来たとエリーザベトに告げた。

普通ならばそこでさようならと別れるところだが、彼女は別れたくないと言い、ドラゴンと一緒に城を出ることにしたのだった。

「二人は山に向かう前にここに立ち寄ってくれました。人間同士の恋愛すら理解出来なかったのに、最強の生物であるドラゴンと人間の女が結婚するなんて、わたしには信じられなかった。だけど、二人はとても幸せそうだったの」

「そして、オレが生まれたんだ」

「あの二人の愛の結晶があなたなのよ、ルーイ。あなたが大きくなるのを見るたびに、アルブレヒトが人間を愛したことを思い出すわ」

そのとき、ルートヴィッヒはオンディーヌの水色の瞳に憧れが浮かぶのを見た気がした。

「いつかオンディーヌにもぴったりの相手が現れるよ。それがオレだったら嬉しいけど、きっと違うだろうな」

「もう少し大人になったら、あなたは自分に相応しい相手を探すでしょうね」

「それはないと思うな」

ルートヴィッヒは苦笑いし、首を横に振った。

「相応しい相手なんか探せっこないよ。オレはドラゴンでも人間でもないから、どっちからも仲間に入れて貰えない」

「仲間に入れて貰いたいの？」

少年は小さく答えた。

「……一人ぼっちは嫌だな」

幸いルートヴィッヒは父親に愛されたが、多くのヴァリエの子供たちと同様に、属することが出来ない落ち着かない思い、未来への不安と孤独を抱えて育った。

「わたしはずっと一人だったけど、嫌だと思ったことはないの。分かってあげられなくてごめんなさい」

水の精霊は涙を浮かべたルートヴィッヒを抱き締めた。

「でもね、ルーイ。本当に一人ぼっちが嫌だと言うなら、あなたから求めるべきではないの？　仲間に入れて欲しいと頼むとか……ううん、その前に、強引でもいいから仲間に入って行ったらいいんじゃないかしら」

「そんなことが出来ると思う？」

「人間は損得勘定をする生き物でしょ。ほら、欲望ってものがあるのだから。だから、ルーイがいると面白い、盛り上がる、勝てる…とか、いろいろ得をすることが多いと思わせればいいような気がするわ」

「なるほど」

思いがけない具体的な忠告だった。

ルートヴィッヒは賢い精霊に感心したとばかりの視線を投げたが、おそらくオンディーヌはそれを良しとしなかったのだろう、瞳をくるりとさせて悪戯っぽく笑った。

「ね、ルーイ」

「なに？」

「わたしと口づけしてみる？　どんな気持ちになるのか試してみましょうよ」

断る理由はなかった。

水の精霊は美しく、相手としては不足があるわけもなく、もちろん年頃の少年としての好奇心もあった。

ルートヴィッヒは頷いた。

「いい子ね、ルーイ」

「子供扱いしないでよ」

「子供でしょ？」

「そりゃ子供だけど、早く大人になりたいって思ってるんだから」

うっとりしてしまう美貌が近づいてきて、ルートヴィッヒは目を閉じた。唇を緩めるとほぼ同時に、柔らかく湿った感触に押し包まれた。

たったそれだけで終わった。

しかし、これまで知らなかった甘い気持ちが込み上げてきた——瞬間でも他人と唇を合わせたという満足感は、少年の心に巣食った孤独を揺さぶった。

「どうだった？」

無粋なことに、オンディーヌは聞くのだった。

「……悪くなかったよ。あなたは？」

「良かったわ、とても。口づけは相手と特別親しい気持ちになれるのね」

「うん」

ちょうどそのとき、戦場で父親が命を落としかけていたとは、どうしてルートヴィッヒに知ることが出来ただろう。

満足と共に王城へ戻り、居残りの若い魔法使いたちと食事をしているところへ、その恐ろしい知らせを受けたのだった。

（お父さん、死なないで！）

急ぎ、ルートヴィッヒは完璧なドラゴンの姿になって戦場まで飛んだ。

キャァァアアアア――ンッ！

飛びながら、初めて咆吼した。

ようやっと戦場に到着したとき、黒焦げになったレッド・ドラゴンは伏していた。空は茜《あかね》色に染まっていた。

彼の命は尽きようとしていたが、唯一の息子がここに到着するのを待っていたのだった。

「すまん、ルートヴィッヒ。アルブレヒトは王とわたしを守って、敵のドラゴンが吹いた火をまともに浴びてしまったのだよ」

項垂《うなだ》れる高名な魔法使いを無視し、ルートヴィッヒは父の傍らにしゃがんだ。

「お父さん、ルーイだよ」

「ル…ルーイ、来たか」

父親はうっすらと目を開け、息子を見た。

「……いいか、よく聞きなさい。お、お前は、誰よりも賢く、どのドラゴンよりも強くなって…――みんなを守るんだ」

だが、即座に言い換えた。

「い…いや、そうじゃないな。守らねばならんのは自分自身だ。お前は自分を守れ。そして、いつの日か…そう、自分以外の者を愛する日が来たとき、本当になすべきことが分かるだろう。それまでは、生きて…生きていかねば……たとえ一人でも」

「お…お父さんっ」

「愛していたよ、オレの小さな息子ルートヴィッヒ」

ドラゴンは目を瞑った。

そして、二度とその目を開けることはなかった。

＊＊＊

目が覚める直前、ルートヴィッヒは花の匂いを嗅いだ。

父のアルブレヒトが好きだった花だ。

（……これはバラだ）

ルートヴィッヒも嫌いではない。

きりきりと巻いて、朝露に濡れた若い蕾《つぼみ》はまるで……――そうだ、まるでエリアスの足の間のそれだった。

思わず、にやりと笑ってしまった。

笑いながら目を開けたルートヴィッヒが最初に見たのは、心配そうに自分を覗き込んでいた当のエリアスの顔だった。

「やあ」

ルートヴィッヒは言った。

しかし、掠れた声は不様だった。

「やあ、じゃないでしょ。ルーイは五日も目が覚めなかったんだよ」

そうつけつけと言って、エリアスの淡い青色の瞳が涙でいっぱいになった。

重たい右手をどうにか動かし、小さな頭の上に載せた――本当に小さい。ルートヴィッヒの掌で簡単に摑めてしまう。

「そんなにオレは重傷だったか」

「無茶をするんだもの」

「キメラなんていう不快な生き物、アストリアに入れたくなかったからなあ。王太子を死なせたら、お前が悲しむと思ったし」

「無茶したのは僕のため？」

「そう重く取られたくもないが、まぁそうだな」

「……」

「そんな顔をするな」

ルートヴィッヒとエリアスは視線を交わし、お互いに吸い寄せられるようにキスをした。

ふいとエリアスが目を逸らした。

「ルーイが死んだら、僕はずっと一人ぼっちだ」

「一人が怖いか？」

「怖いよ」

そう言ったエリアスに、分かるよと返さなかったのはなぜだろう。

ルートヴィッヒはエリアスよりも少し高い位置にいたかった。充分に経験を積み、そんなことは克服したと言ってみせたかったのだ。

「ルーイは大丈夫そうだし、もう僕は湖に帰るね」

つれなくエリアスは言った。

「クラートスとの戦場からビューロー伯爵領に行って、その後は王城に居続けたんだ。皮膚が乾燥してぴりぴりしてるし、完全に人間に擬態し続けるのは疲れるからね」

　なぜエリアスが遠いビューロー伯爵城に行かねばならなかったのか疑問に思うも、ルートヴィッヒはエリアスがそこで育ったのだと思い出した。

　近衛隊長を務める伯爵子息オットーと共に、クラートスとの戦の勝利を父親に伝えに行ったのかもしれない。

「もしかしなくても、これはビューロー城のバラだろ？」

「そうだよ」

「ああ、いい香りだ」

　しばらくすると、エリアスはベッドサイドから立ち上がった。

「もう行くのか？」

「飛べるようになったら、会いにきて。待ってるから」

「もう側にいてくれないのか」

「ルーイの寝顔は充分に堪能したし、冬ごもりの準備に入る生き物を見守らなきゃならない。渡り鳥も来るしね」

「そうか」

　ルートヴィッヒは未練がましくエリアスの後ろ姿を目で追った。

エリアスが扉の取っ手に触れるや、「なあ」と呼びかけた。

小首を傾げて、エリアスが振り向いた――その仕草は、ルートヴィッヒが遠い昔に知っていた水の精霊オンディーヌにそっくりだった。

「水の精霊を呼び出したいとき、人はどうするか知っているか？」

ううん、とエリアスは首を横に振った。

「手斧を湖に放り入れるんだよ。そうすれば、精霊が拾って持ってきてくれる」

精霊が現れるとき、手に持ってくるのは放り入れられた手斧だけではない。値打ちのある金の斧と銀の斧も一緒である。

どれがお前の斧だと問いかけ、精霊は人間の欲を暴くのだ。

昔話だ。

「なぜ手斧？　手斧なんかで呼び出されたくないけどな」

「だよなあ」

ルートヴィッヒは頷いた。

「オレなら花束を投げる」

「別に花もいらないよ」

エリアスは少年らしく言ったが、花束はしばらく湖面に浮いているから、それを受け取るのに水の精霊が顔を出すのではないかと期待出来るのがいい……――実際には、眷属である滴の子らが回収に来ていたのだったが。

「男は好きな相手に花や菓子を贈るものだ」

少し気を悪くしてルートヴィッヒが言うと、エリアスは華奢な肩を竦めた――ルートヴィッヒは伊《だ》達《て》男だよね、と。

「伊達ではなくて古風なんだ、昔からの作法だぞ」

欲を持たない精霊らしく、エリアスは言うのだった。

「花はいい。ルーイはただ僕の名前を呼んでくれればいいんだ。そのよく通る声でね」

がっかりするにはあたらない。

ルートヴィッヒはエリアスに手招きした。

「本当に帰ってしまうなら、もう一度キスしてくれ」

「う、うん」

エリアスは引き返してきて、ルートヴィッヒに屈《かが》み込んだ。

冷たいが、柔らかくて湿った唇が押しつけられ、ルートヴィッヒはすぐに離されまいとエリアスの頭を抱えた。

（……お前の唇は母親のにそっくりだよ）

そうルートヴィッヒは思ったが、言葉にすることはなかった。

舌で辿り、わずかに開いた唇から侵入する。エリアスの舌を絡め取り、そっと吸い上げた。びくりと魚のように撥ねる身体が愛おしかった。

「愛しているよ、エリアス」

ルートヴィッヒが囁くと、エリアスは目を大きく見開いた。

「ルーイは絶対に言わないのかと思っていたよ」

「言うべきときを選んでいただけさ」

「嬉しいな」

エリアスは花開くように笑った。

そのどこか寂しそうな繊細すぎる顔立ちが変貌を遂げた――笑みは波紋のように真ん中から周辺へと広がり、ドラゴンの初心《うぶ》な恋人を華やかな美貌の持ち主に変えてしまった。

＊5＊

戴冠式が行われたのは、紅葉が美しい晩秋の昼下がりだった。

とんびが抜けるような青空を高く飛び、ぴゅるる～という独特な鳴き声を響かせていた。

アルベルト王太子が戴冠するために大聖堂へと向かうのを、民衆は道の両側に立って見送る。彼らは手にしたアストリアの国旗を振ることで、一生懸命に王太子へ祝福を伝えていた。

そんな民衆の頭ごしに、ルートヴィッヒとエリアスは王太子の意思の強そうな立派な横顔を眺めていた――なるべき人が王冠を頂く安心感よ。

　目深にマントを被った二人に一人の男が話しかける。

「あんたら、旅の人かな？」

「え…えぇ」

「アストリアの国王は幼い頃から賢いと有名だったが、このたびのクラートス王国の侵略は武力で鎮めなさった。文武両道、稀有《けう》なお方だよ」

「それは心強いですね」

　エリアスは頷いたが、ルートヴィッヒは民意を探った。

「ちょっと前にも戴冠式があったと聞きましたが……確か、前国王が精霊との間にもうけたヴァリエの王子とか。その方はどうしたんです？」

「王座に関心はおありではなかったと見えて、土壇場のところで立ち去られたよ。そのときに水の精霊としての力に目覚め、涸れかけていた五大湖を甦らせてくださった。東の国が攻めてきたときに平原に洪水が起きたのもそのお力と言われている。わがアストリアには守り神に等しい方だ」

　近々、湖のほとりに神殿が建てられると言う。そして、男はその建設に関わることを誇らしく思っていると語った。

「ヴァリエが神様として崇められるか……」

「おかしいですかな？」

「我が母国ではヴァリエの地位は高くないのでね」

ルートヴィッヒが言うと、男は「残念な偏見ですぞ」と非難がましく言った——ほんの数か月前までアストリア王国はヴァリエを差別してきたのに、もう民衆は忘れようとしているのだ。

しかし、指摘する気はなかった。

「賢い君主のもと、平和で豊かな暮らしが続くといいですな」

「戦争はしばらくないと思いますよ」

男の斜め前にいた女が振り向いた。

「我が国には守り神の水の精霊の他に、レッド・ドラゴンもおられます。思うに、新しい国王は魔法使いに等しい力をお持ちなんですよ。何かあれば、ドラゴンが現れるという寸法です」

「ドラゴンは絶滅したと思っていましたが、アストリアにはいるのですね。この国に攻め込もうという国はつくづく愚かだ」

「そうですとも」

男と女は顔を見合わせ、満面の笑みを浮かべた。

「あやかりたいものですな」

そう言って、立ち去ろうとしたエリアスとルートヴィッヒに彼らはたむけの言葉をくれた。

「これから寒くなりますが、無事に旅を終えられるように祈ってますよ」

「ありがとうございます」

民衆の群れから離れ、エリアスとルートヴィッヒは丘の上にやってきた。

緩やかな上り坂ではあったが、まだ足を引き摺っているルートヴィッヒにエリアスは肩を貸した。冷たい風が吹いているので、上り切っても二人は寄り添ったままでいた。

戴冠式の始まりを告げる鐘が鳴り響く。

カラーン、コローン、カラーン……――。

明るい音だ。

「……めでたいよね」

エリアスが呟くのに、ルートヴィッヒは頷いた。

ややって、聞いてきた。

「これで良かったのか？」

「もちろん」

エリアスはきっぱりと答えた。

「アルビーは立派な王になるよ。ルーイこそ、宰相の地位に未練があるんじゃないの？」

「オレは昔の人間だよ」

クラートス軍が退却した数日後、あちらの王室から和平を請い、賠償金を支払う旨が記された書状を持った使者が来た。ときをほぼ同じくして、カルトリオ共和国からも謝罪と賠償金の支払い、和平条約締結の打診がなされた。

両国と正式に和平関係を結ぶために、王太子アルベルトの戴冠が急がれることとなった。

兵士たちの先頭に立って敵軍と戦ったことで、王太子には尊敬が集まり、今や彼が王冠を戴くことに異議を唱える者は誰もいない。

エリアスとルートヴィッヒは戴冠式への参列を断った。王の側近として王城に勤めることも求められたが、それも固辞した。

王太子は悲しんだ。

「わたしには二人が必要だ。国を統べることは並大抵のことではない。助言と支えがなくて、どうして王座にいられるだろう」

「大丈夫ですよ」

エリアスは言った。

「オットーがいるじゃありませんか。前王の側近たち、ヴァリエの長老たちも力を貸してくれるでしょう」

ルートヴィッヒも言った。

「平和な時代が来るのなら、ドラゴンは必要ない。一度は宰相として側に上がろうと思ったが、もうしばらく戦争はなさそうだ。オレは戦略を立てるのは得意だけれど、国民の生活のためにどうこうするのは向いていない。上手い助言も出来んよ」

エリアスもルートヴィッヒも今後は人前に立つつもりはない。アストリアの国民が尊敬し、指示を仰ぐのは一人に集中したほうがいいという考えだ。

とはいえ、まだまだ戦場でのことは人々の記憶から抜けてはいない。

「忘れてくれていいと思っているのに、なんだか神殿なんか建てられることになっちゃった。神様扱いは止めて欲しいよ。大地神ガイウスの怒りを買ったらどうしよう」

エリアスがぼやけば、ルートヴィッヒも言う。

「オレなんか新国王が隠し持つ最終兵器扱いだぞ。本来オレは頭脳派だし、魔法で縛られてなんかいないのに……」

しかし、二人は自由だ。

自分の力に自信があってもどこにも属さず、まして王城の中での出世争いに巻き込まれることもなく、長い長い寿命を自分のため――いや、お互いのためだけに使うことが出来る。

「そりゃアストリアがピンチになれば、出て行かないわけにはいかないんだけどな」

エリアスは国王の血筋であるし、ルートヴィッヒは王城で育てられた。アストリアを捨てるつもりはない。

この先のプランは特にないが、まずは二人の関係に集中したい。

「さて、そろそろ行こうぜ」

ようやっと翼が治り、ルートヴィッヒはエリアスを乗せる決心をした。愛しいエリアスを自分の古い住み処に連れて行きたいという。

（火山の近くだって？　僕の身体に合うかなあ。長居は難しいとしても、彼が生まれた場所を見てみたい）

ルートヴィッヒの姿が空気に溶け、ぼやぼやと大きく広がった。

巨大な赤いドラゴンが出現する。

怪我の痕跡はまだすっかり消えてはいなかったが、鱗は生き生きと輝き、盛り上がった筋肉からして健やかな様子が見て取れた。

『乗れよ。その前に、オレのマントもつけろ』

「うん」

よじ登って、エリアスはその首の付け根に腰を下ろした。

鬣をしっかりと摑む。

『行くぞ』

ルートヴィッヒは空高く舞い上がった。

雲を抜けてから高度を下げ、大聖堂を真下に見ながら旋回する……——と、戴冠式後のパレードを待っている人々に気づかれた。

「見て、レッド・ドラゴンよ！」

「王を祝福しているんだ」

「いいぞ、我が国は安泰だ」

歓声に応えて、ルートヴィッヒは低く飛んだ。大聖堂の屋根を掠め、人々の頭上で羽ばたき、また真上に。

キャアァアア――――ンッ！

身の毛がよだつほどの恐ろしげな咆吼が、今日に限っては頼もしい激励として空に響いた。

人々が手を振り、旗を振る。

果たして、戴冠したばかりの国王が二階のバルコニーに姿を見せた。アストリア王国三十四代国王アルベルト九世陛下である。

（アルビー、なんだか輝いて見える）

三十代半ばの王は、すでに達観したかのような落ち着きを漂わせていた。自分が何をすべきか心得ている者の顔だった。

国民を見下ろす目には慈愛が浮かぶ。

くりくりの巻き毛と長い睫毛の幼いアルベルトの姿を思い出して、エリアスは思わず涙ぐんだ。兄弟として育つことは出来なかったが、兄として立派に成長した弟が誇らしかった。

この国は必ずや富むに違いない。

「アストリアに幸あれ」

人もヴァリエも、みんな等しく。

ややあって、新王は上空を飛ぶドラゴンに気づいた。

彼は眩しげに目を細めながら、手を振ってきた――ドラゴンの背に乗っているエリアスにも気づいたようだった。

その口が動く。

『また会おう』

エリアスは深く頷いた。

キャアァアアァァ――ンッ！

ドラゴンは大聖堂の鐘突堂を掠めて飛んでから、再び空高く舞い上がった。

王とアストリアの国民たちに見送られ、全ての動物の王たるドラゴンは王都の北西を走るリューネ山脈を目指す。

小さくなっていく王都を振り返り、エリアスは溜息を吐いた。

『どうした？』

「なんでもない」

一度はそう返したものの、結局エリアスは打ち明けた。

「少し…ね、寂しいんだ。僕はアストリアの民ではないんだなって思ってさ」

『国王の兄だからな』

「そういうことじゃなくて」

普通の人間――いや、ただのヴァリエに生まれていたら、即位した王を一目見ようと沿道に出て、みんなと一緒に旗を振っていたのだろう。

そんな一体感は得たことがないし、今後もきっとない。

『オレがいるだろう？』

無い物ねだりをするなよ、とルートヴィッヒが呆れたように言った。

「そうだね、ルーイがいるよね。僕はもう寂しがらないよ」


リューネ山脈の奥の奥、人間が足を踏み入れることはないだろう深山まで来た。天然の岩のトンネルを潜り抜け、奇岩の群れを越えた崖の上にドラゴンの住み処はあった。

巨大な鳥の巣のような場所だろうと思っていたのに、白い大理石の三本柱が立つ遺跡のような建物だった――遺跡という表現が似つかわしいのは、ところどころ崩れたり、ひびが入ったりしていたからだ。

ルートヴィッヒは平らな石を敷き詰めた前庭に降り立ち、まずエリアスを降ろしてから、獣化を解いた。

「おいで」

建物の中へと導かれた。

無数に部屋はあるようだったが、使っているのは三部屋ほどだった。寝室と勉強部屋、そして食堂を兼ねたリヴィングだ。

ルートヴィッヒはリヴィングの暖炉に火を入れ、水を入れたポットを炎の上に据えた。

湯が沸く間、エリアスは続きにある勉強部屋を覗きにいった。

四方の壁は扉と窓を除いた全てが本棚だった。天井にはアストリアを中心とした地図が貼られ、不思議な文字での書き込みも見られた。

敷き詰められたふかふかの絨毯にはクッションが幾つも転がっていて、ルートヴィッヒがそこに寝転がって読書をする姿が目に浮かぶようだった。

居心地のいい部屋である。

絨毯に投げ出してある本のうち、ビューロー伯爵家の紋章が刻まれている革表紙に目が止まった。手に取ってみると、それは本ではなくて日記だった。おそらくルートヴィッヒの母親である伯爵令嬢のものだろう。

細かい字でページを埋めていたのが、最初の三十ページほどで突然に終わった。その次のページには何か花びらのようなものが挟まっていた。

(ルートヴィッヒを産んで、すぐに亡くなったんだよな……僕の母親と同じように)

命を落とすのが分かっていても、彼女たちは子を残したがった——愛ゆえに。

(でも、子が出来るのは分かりやすいな。実を結ばない僕たちの場合、抱き合って、愛していると言葉にしない限りは伝わらない)

しんみりしていると、誰かに呼ばれた。

「エリアスさまぁ、お茶がぁ入りました。リヴィングのテーブルまでぇお越しくださいぃ」

いやに無表情な給仕人だった。

まさか給仕するための人間が雇われているとは思わなかった。テーブルについてルートヴィッヒにそう言うと、彼はにやりと笑った。

パチンと指を鳴らすと、そこに立っていたはずの使用人が消えた。ルートヴィッヒが床から拾い上げたのはスプーンだった。

「え、魔法？」

「オレが王城で魔法使いの弟子たちに育てられた話はしたよな。あまり才能はなかったが、簡単なやつなら少しは出来るんだ」

「すごい」

「すごくはないさ。ちょっと練習すれば、お前だって出来るさ」

上質な茶だった。

ルートヴィッヒは優雅な仕草でティーポットからカップに注いで、エリアスの前に置いてくれた。

一口飲んで、エリアスは言った。

「……ルーイはここで一人の時間を過ごしてたんだね」

「オレは人間でもなければ、ドラゴンでもない。ときどき一人になる時間を持たなければ、自分がなんだか分からなくなっちまうからな」

「その気持ち、よく分かるよ」

「分かるか」

　エリアスはテーブルを回っていき、ルートヴィッヒを背中から抱き締めた。

「ルーイのこと、もっと知らなきゃね」

「嫌なやつかもしれないぞ」

「嫌なところがあっても、いいところはその倍以上きっとあるから大丈夫」

　ルートヴィッヒは腕を回し、膝にエリアスを乗せた。

　尖った鼻先と鼻先を擦りつけ、合間に口づけし、また鼻を摺り合わせながら、これ以上ない至近で見つめ合った。

「お前の瞳にオレが映ってる……なんだ、あまりいい男に見えないな」

「なにを言ってるの？　いい男に決まってるよ。実際ルーイより美しい男の人って見たことないよ」

「本当に誰よりも美形なやつだったら、もっと高慢で、お前がオレに抱かれたいかなんて考えもしないと思うぞ。まぁ…なんだ、オレはお前に拒まれたくないんだよ」

「僕が拒否するって？」

　エリアスはくすっと笑った。

「一度だって拒んだことなんかないじゃない」

「そうだったか？」

ルートヴィッヒは肩を竦めた。

「お前は一度オレの前から消えたからな」

「王座に縛りつけようなんてするからでしょ」

「そうだ、あれはオレの愚策だった。……ああ、もう一度あったよ。怪我で目覚めたばかりのオレを置いて、お前は自分の住み処に帰りやがった」

「ルーイから逃げたんじゃないよ。あのまま王城にいたら、和睦に関する会議の席に座らされそうだったから」

「なるほど、そうだったか」

ルートヴィッヒは苦笑した。

「お前をひややかな水の精霊だって誤解していたよ、今の今まで」

謝ろうとする口をエリアスから塞いだ。

「僕は母とは違うってば」


繰り返した熱い口づけで、この先の行為のことしか考えられなくなりながら、エリアスはルートヴィッヒに寝室まで運ばれた。

ルートヴィッヒが起き上がれるようになってからもう何度か肌を合わせていたが、今日ほど二人っきりを意識したことはなかった。

声も物音も気にする必要はないのだと思えばことさら奔放になり、そんな自分の一面に戸惑いながらも夢中になるのを抑えられそうもない。

ルートヴィッヒの身体を思うがままに探索した。

人間に擬態していない彼の皮膚は赤味が強く、背中が鱗のような模様で覆われている。翼は引っ込められていたが、肩胛骨《けんこうこつ》に口づけを落とすとくすぐったいと喉で笑った。

無惨な傷跡は背中に数ヵ所、肩にある傷はたぶん生涯消えないだろう。

「……本当にもう痛くない？」

「痛くないよ」

舌で辿り、そっと吸った。

「こうしても？」

「大丈夫って言ったろ。お前、いい加減しつこいぞ」

くるりと反転され、まともに向き合った。

「こら、そんな顔するなよ。笑ってくれ」

「……ふ、ふふ」

エリアスがぎこちなく笑うと、ルートヴィッヒが笑い返してきた。

彼の顔立ちは何度見ようとやはり美しい。きれいな鼻筋とくっきりした二重瞼、山がはっきりした唇……頬骨の高さは理想的だ。

彼の顔が本当に好きだと思う。

きらめく琥珀の瞳に見守られながら、胸の突起をしゃぶってみた。おそらく、二人とも母親の乳房を知らない。そこを吸いたくなる気持ちはどこか恥ずかしい。

自分が感じる箇所とルートヴィッヒの感じるところが一緒だと気づくにつれ、エリアスは大胆になっていった。

脇腹を舐め上げつつ、足の間を探る――ひくりと跳ね上がる腰が悩ましい。

広い肩幅から細めの腰への斜めのラインが男らしい身体のうち、最も戦士を感じさせるところはもう猛々しく勃ち上がっていた。

掌に脈動を受け、エリアスはなんだか鼻の奥がつーんとするのを覚えた。

生きてると思った。

あの日、戦場で大怪我をしたままで立ち尽くしていたドラゴンを思い出し、自分は彼を失うところだったのだと身震いする。

エリアスは腰を浮かせ、彼を自分の中に入れてしまおうとした。一体感が欲しくて欲しくて堪らなかったのだ。

「ダメだ、エリアス。お前はまだ準備が出来てないだろう？」

「別にいいよ」

「良くない」

きっぱり言って、ルートヴィッヒは身体を入れ替えた。

今度はエリアスが下になる。

足が胸につくほど折り曲げ、露わになったそこに口をつけられた。伸ばした舌で丹念に舐められるのは恥ずかしいが、むず痒いような快感に身悶えせずにはいられない。

「……あっ、あぁぁ」

声が響くが、二人以外に聞く者はいないのだ。

「あ、あぁ…ん」

もう止まらない。

突き入ってくる舌がもどかしい。

「い、入れて……ルーイのを」

「まだだ」

つれなく言いながら、ルートヴィッヒはエリアスの手を取って、自分で自分自身を慰められるように導いた。

放っておかれたにもかかわらず、ひっきりなしに溢れ出る先走りでそれは濡れていた。

(こ…こんなに――)

欲しがりの身体を浅ましく思いつつも、一度握り締めてしまうと、上下に動かさずにはいられなかった。

後ろも前も快感にまみれ、頬を染めながらエリアスは懇願した。

「ほ…欲しい、ルーイが。奥に、すぐに」

「まず指だ」

「指はいいよ」

「指もいいだろ……ほら、ここだ」

侵入してきた長い指が内部を探る。

「……う、ううっ」

強い刺激にエリアスは四肢を震わせた。

堪える間もなく、握り締めたものが弾けていた。生温い体液は顎を掠めるほど飛び、辺りに青い匂いが漂った。

不本意な放出にエリアスは涙ぐむ。

すん、とルートヴィッヒが鼻を鳴らした。

「……ああ、バラか」

彼は言った。

「え？」

「茎を切ったとき、こんな匂いがするんだよな」

彼はエリアスの足首を持つと、腰を据え直した。

熱い塊が緩んだ窄《すぼ》まりにあてがわれ、エリアスは身構える――その前に、彼はぐいっとばかりに入ってきた。

「あ、あ……――」

痛いというよりは熱い。

狭い器官をぎりぎりまで押し開き、ルートヴィッヒの命の塊がエリアスを貫く。危うさに目の前が真っ赤になりかけたが、すぐに視力は回復した。

ルートヴィッヒの喉が上下するのが見えた――エリアスの内部を食い荒らし、満足そうな呻きを上げる喉だ。

（もっと僕を食べればいい）

抉るように、もっと隅々まで。

エリアスは彼の肩に爪を立てた。

治りかけの傷に引っ掛かり、ルートヴィッヒが歯を食い縛った。それでも、彼は腰を使うのを止めない。

寝台がきしむ。

突き上げては引き、突き上げては引き……本能の動きに揺さぶられながら、エリアスも自分の快感を貪り始めた。

そこをルートヴィッヒが通過するたび、愉悦感に身体がとろけそうだ。もっとどろどろに掻き混ぜて欲しい。

絶頂感は途方もなく長く続いた。

嬌声を上げ続け、掠れた声でエリアスは頼んだ。

「キ…キスして。キスしながら達きたい」

ルートヴィッヒが背を屈めてくると、角度が変わって苦しくなるのは分かっていたが、それでもキスをして欲しかった。

口を合わせながら、腰でも繫がる——輪のように一続きに。

「……い、いいよ」

キスの合間に言った。

「すごく、いい。これで僕らは一つだね」

押し寄せる多幸感で息が苦しくなってくる。

（幸せってこうか）

酸素不足気味の頭で理解する。

この一体感は何ものにも代え難く、これを得るためになにもかもを投げ出そうとする者がいたとしても不思議はなかった。

（……自分の命も？）

命を投げ出してまで、愛を形としたかったヴァリエの母たちの気持ちが分かる気がした。

ヴァリエが怪物であるはずがない。

種族を超えて、心と身体を重ね合わせた恋人たちの愛の結晶なのだ。両親の愛から生まれた者を蔑んでいいわけはない。ただ違うだけ…少し、違うだけ。

「エリアス……ああ、エリアス」

名を呼ばれ、鼓膜が甘く震えた。

こんなにも求められ、どうして勝ち誇らずにいられるだろう。

「オレを抱き締めてくれ」

汗に濡れた身体に腕を回し、振り落とされまいとしがみついた。

ルートヴィッヒは激しかった。

律動は狂おしさを増す。

身も心も揉みくちゃにされ、高く叫び、笑った顔のままでエリアスは思考を手放す――後は、皮膚が感じ取ったことが全てだった。


絶え入るように眠り、目が覚めたときに傍らにルートヴィッヒはいなかった。エリアスは身体にシーツを巻き付けて、彼を捜して歩くうちに裏庭に出た。

裏庭には何もなかった。

壊れた東屋と朽ちた木、花壇の跡らしき柵を煌々《こうこう》と月が照らしていた。

月が大きく青く見えるのは、昼間よりも気温が下がっているからだろう。

寒さを感じ、エリアスは巻き付けていたシーツを肩まで引き上げた。

「なんだ、起きたのか」

裏庭の隅にある温室の扉が開き、ルートヴィッヒが数本のバラを携えて現れた。

褐色の逞しい身体に白いガウンがよく似合う。手にした鮮やかな赤い花もまた、彼を引き立てる小道具だった。

「いい匂いでお前が目覚めるように、枕元にこいつを飾ってやろうかと思ってさ」

雄々しいドラゴンでありながら、意外にもルートヴィッヒはロマンチストなのだ。遠い昔の騎士らしいとも言える。

差し出されたバラに顔を埋《うず》め、早速エリアスは花の芳香を吸い込んだ。

「……もしかして、これ、ビューロー家のバラじゃない？」

匂いなんてどれも大きく違わないのかもしれなかったが、確かに嗅いだことがあると思った。

「よく分かったな。オレの母親が実家から持ってきたらしい。カエルに面倒を見させていたが、オレが寝ている間も代々引き継いでくれていたらしく、温室は生きていたんだよ」

「すごいね！」

「ああ」

温室を見に行った。

色とりどりのバラが咲き乱れる中に墓があった――ルートヴィッヒの母親、伯爵令嬢エリーザベトの墓である。

「母親はバラの温室で父親と出会ったんだ。ドラゴンのくせに父親は花が好きで、蜥蜴に化けて東の城にある温室に忍び込んだんだよ」

「赤い蜥蜴に？」

「そう、ちっぽけな赤い蜥蜴に化けたんだ」

これに似た話をエリアスは知っていた。

蜥蜴に恋した伯爵家の姫がバラの株だけを持って、深山にある蜥蜴の巣へ嫁に行ったという昔話である。

王太子に嫁いだゾフィーが少女の頃に、乳母が話して聞かせていた。

たとえどんな理由があろうと、夜中にベッドを抜け出して一人でうろついてはいけない。そんなことをすれば、とんでもないものに見初められてしまうかもしれない、と。

『姫さまは、蜥蜴のお嫁さんになりたいですか？』

『あら、きれいな蜥蜴は好きよ』

『食べるものは虫だけで、あれはいつもじめじめしたところにいるんですよ。嫁入り道具もバラの株だけで我慢しなきゃなりません』

『それは嫌だわ』

　そんな会話をしていたのを覚えている。

　エリアスはしゃがみ込み、小さな墓に手を合わせた。

（あなたが蜥蜴に恋をしなかったら、僕はルートヴィッヒに出会えなかった。あなたは愚かな娘ではなく、ひたむきに愛した勇気ある女性だったんですよね）

　くだんの日記にも書いてあった。

『わたくしは後悔しません』

　ドラゴンに恋をしたこと、子供を産むことにしたこと。

　最後の行の記述だった。

「母親はかなり変わった令嬢だったのかもしれない」

　ルートヴィッヒは言ったが、エリアスは首を横に振った。

「ただ恋をしただけだよ、みんなと同じように」

「そうか」

「そして、自ら望んでルーイを産んだんだ。僕は彼女に感謝しなきゃならないね」

「それなら、オレもオンディーヌに感謝しなければ……だけど、死ぬ覚悟で子を産むことは理解出来ないな。オレが男だからだろうか」

「僕はちょと分かるような気がするな」

永遠の命を持つものと限りある命を持つものが愛し合ったら、必ず来るだろう別れを覚悟せねばならない。

愛ゆえに、老いた姿を見せたくない、見たくないと思うかもしれない。

ならば、若い姿のままで二人の時間を終えてしまおうと考えるのも無理からぬこと。

せめて愛の結晶である子供を産み、残すことが出来るなら、自分たちの愛は本物だったと満足して死んでいける。

（死ぬことが美しいとは思わないし、命と引き換えに産み落とされた子供の人生が過酷なのも分かってる。だけど、愛って一種の狂気だから。愛の結晶が宿ったとなったら、ここを絶頂として死を覚悟した出産に臨んでしまうんだろうな）

神妙な顔をしていたのだろう、ルートヴィッヒがエリアスの細い顎を摑んで揺さぶった。

「何を考えてる？」

「んー…あのね、蜥蜴に恋したお姫さまの話を絵本にしたらどうかなって。ロマンチックな話だと思うんだ」

「悪かねぇな。きれいな絵をつけて、子供が読めるようにすれば、ヴァリエの理解に繋がるかもしれん。ついでに、王さまと水の精霊の話も書いとけよ」

「僕の話はまだ生々しいからいいとして……そうだよ、ルートヴィッヒは半生記を書いたらいい。魔法使いに眠らされる前の二百年、どんなふうに生きてきたの？」

「うう…む」

ルートヴィッヒはすぐに答えなかった。

ややって、ぼそぼそと言った。

「戦争と恋愛しかないぞ」

「すごく野性的だね。でも、大衆受けしそう」

「そうかぁ？」

「僕は読みたいよ」

「よし、まずは執筆活動だ。筆名を決めなきゃな」

「え、本名で良くない？」

温かい温室から出たとき、エリアスはひんやりとした空気に首を竦めた。

もうすぐ冬が来て、アストリアは雪に覆われてしまう。

飢える者はいないだろうか。寒さに凍える者はいないだろうか。エリアスは水を行き渡らせることしか出来ないので、誰もが春を迎えられるよう祈るのみだ。

「急に冷えてきたな」

ルートヴィッヒが言った。

「冬の間はこっちに住まないか？　湖は氷が張ってしまうだろうが、ここは火山だから地面がすっかり凍ることはない。きっと過ごしやすいぞ」

「僕は水がないと暮らせないよ」

「ならば、ここを池にしたらいい」

「なるほどね」

エリアスが掌をかざすと、地面からぼこぼこと水が湧き出した。

いや、水ではない。

もくもくとけむりを上げながら、温かい水――温泉が湧いてきたのだ。

たちまち裏庭全体が広い浴場になってしまった。

「どういうことだ？」

驚くにはあたらない。火山地帯の地下に溜まっていた水はずっと温められていたのだろう。

エリアスはにっこりした。

「ちょうどお風呂に入りたかったんだよ」

巻いているシーツを取り去り、さっさと湯の中に入っていく。

（長時間入っているのは無理だけど、冬にはこのくらいの水温が気持ち良さそう）

ルートヴィッヒを手招いた。

「温泉はルーイの傷に効くと思うよ」

ガウンを脱ぎ捨て、ルートヴィッヒも温泉の中に足を踏み入れた。

下半身を魚のそれに変えて泳ぎ出すエリアスを眺めつつ、徐々に身を沈めていく。柔らかく温かい湯は傷ついたドラゴンの身体を優しく包んだ。

「気持ちいいでしょ」

「ああ、すごくいい」

ルートヴィッヒは溜息を吐いた。

「……こうしていつまでも浸《つ》かっていたら、気持ちまでゆるゆると溶けそうだ。オレは戦えなくなっちまうな」

エリアスは目をくるりとさせた。

「これから何と戦うつもり？」

「え、何って……――」

長い人生をアストリアの兵器として生きてきたルートヴィッヒに、戦争がない平和な時代の到来はまだまだぴんと来ないらしい。

東と南に接する強国との友好条約が結ばれようとしていた。

北の大陸で唯一ドラゴンを有するアストリアに、今後攻め込もうという国はまずない。ドラゴンに対抗するのは困難だからだ。

西にある二国と北に位置する国もまたアストリアに使者を送ってきているという。

つまり、ルートヴィッヒの存在は戦争を抑止し得たのである。

「オレはもう戦わないんだな。兵器として存在しなくていいってわけだ」

ルートヴィッヒは皮肉っぽく言った――他国を圧倒する存在があろうとなかろうと、最初から戦争なんてしないに越したことはない。

「暇になるな」

だからこそエリアスは半生記の執筆を進言したのだが、ルートヴィッヒは書き終わるまで実感出来ないかもしれなかった。

「じゃ、とりあえず僕と戦ってみる？」

快活そうにエリアスは言う。

「なにを巡ってだ？」

「んー…たとえば、どっちがより強く愛しているか、とかね」

「そんなの、戦うまでもないぞ」

ルートヴィッヒはフンと鼻で笑った。

「オレのほうだとはっきりしているじゃないか」

「いっつもそう言うよね。でも、たぶん僕のほうだと思うよ」

「たった一人の男しか知らないお前と違って、オレには比較対象があるんだぞ。これまでの人生での出会いのうち、お前が一番いいと思っている。そして、今後はもうお前だけだ」

喜べと言わんばかりに言われたが、エリアスは負けるつもりはなかった。

「確かに僕は一人しか知らないけど、他を知りたいと思わない分だけ思いは濃いよ」

「ふうん」

右の口角だけを上げたルートヴィッヒの笑みは、満足げというだけでなく、どこかエリアスを小馬鹿にしたものだった。

（何でも分かっているって顔をするんだね）

二百年以上生き、一国の宰相まで務めた男だったら当然か。

（気に入らないな）

ふとエリアスは衝動的になった。

おもむろに両手の指を絡み合わせ、湯を含んだ上で親指と親指の間の穴を塞ぐ——狙い通り、ぴゅっとルートヴィッヒの顔に湯がかかった。

「う、わっ」

完全に油断していたのだろう、彼は手で遮ることもしなかった。

「隙ありー！」

驚いた表情の彼に勇猛果敢なドラゴンの面影はない。

宰相としての貫禄《かんろく》もなくなり、濡れた目元を擦る仕草は頑是無い子供のようで、ただひたすら可愛らしかった。

「僕の勝ちだね」

エリアスは宣言した。
今のでオレは負けたことになるのかと、ルートヴィッヒはしきりに首を捻ったのだった。

おわり

あとがき

思い起こせば、プロット立てから一年半でなんとか書き上げました。メンタルの調子がえらく悪くて、自分が存在する意味なんてしょーもないことをつらつらと……ひたすら萌えに萌えていればいいのにねえ、腐女子なんだし？　しかもBL作家なんだし(笑)。

新型コロナのせいで、一生懸命閉じ籠もっていたのが良くなかったと思う。大好きな観劇も映画にも行けず、ライブのチケットも払い戻すばっかりじゃ鬱々とした気分にもなるってもんよ。毎週楽しみにしていた『鬼○の刃』も終わっちゃったし。

そんなこんなで、長期間かけてじりじりと書いたこのお話、結局のテーマは「永遠の愛」だったようです。ファンタジーを舞台に、手練れの孤独な男が手つかずの少年にめろめろになり果てるストーリーよ。設定はわたしのいつもの感じ――つまり、ドラゴンを駆使した魔法使い同士の戦いが終わった後の世界（異種族間に生まれた半獣・半妖の存在アリ）。かすかに『犬▲叉』、ややジ●リの影響が垣間見えますか。え、『北◇の拳』も？　深そうなところはさらっと読み飛ばし、ただ楽しんでいただければ幸いでございます。

書き上がる頃になって、どうにかメンタルが浮上しました。大きく気分転換になったのは古いドラマ。主演のとあるジャ▽ーズさんの儚い若さに目を奪われ、彼が出ている動画を見まくったわよ。自宅警備員らしい執拗さで。ファンクラブに入会するほどの強火でうっかりジャ▽オタになろうというところ、昔からの友人が軌道修正してやらねばならぬとヅカのチケットを回してくれました。あんたはこっちでしょ、と(笑)。

久々のヅカ観劇、S組の新感覚なSFは素晴らしかったです。すらりと背の高いトップさんの男らしさに見惚れたわ。どんなコスチュームでも着こなしちゃうのがス・テ・キ。

ああん、ジャニもヅカも大好きだぁ…と、一気にハイになったわたくし。儚いもの、ゆらぐジェンダーのラインに心が揺さぶられるんです。ああ、エロスエロス。愛でよう、この瞬間の美しきものたちを。心に刻みつけとかなきゃ。

たぶんもう大丈夫。わたし、ちゃんと笑って生きていけます。腐女子バンザイ！

今回の発刊にあたり、まずは美しいイラストをお寄せくださった兼守《かねもり》美行《みゆき》先生に感謝を。甲冑とかドラゴンとか精霊とか、ファンタジー特有のめんどくさいもろもろをあまり描写しなかったにもかかわらず、ステキに緻密にお描きいただけて感激致しました。

そして、担当Mさま、編集部のみなさま、家族に友人たち、毎度のご協力ありがとうございます。おかげさまで今回も無事に一冊出すことが出来ました。

最後になりましたが、この本を手に取ってくださった読者のみなさまに精一杯の愛を。

水無月《みなづき》さらら、今後ともどうぞよろしく。

LYNX ROMANCE

小説原稿募集

リンクスロマンスではオリジナル作品の原稿を随時募集いたします。

募集作品

リンクスロマンスの読者を対象にした商業誌未発表のオリジナル作品。
（商業誌未発表のオリジナル作品であれば、同人誌・サイト発表作も受付可）

募集要項

＜応募資格＞

年齢・性別・プロ・アマ問いません。

＜原稿枚数＞

４５文字 ×１７行（１枚）の縦書き原稿、２００枚以上２４０枚以内。
※印刷形式は自由。ただしＡ４用紙を使用のこと。
※手書き、感熱紙不可。
※原稿には必ずノンブル（通し番号）を入れてください。

＜応募上の注意＞

◆原稿の１枚目には、作品のタイトル、ペンネーム、住所、氏名、年齢、電話番号、メールアドレス、投稿（掲載）歴を添付してください。
◆２枚目には、作品のあらすじ（４００字～８００字程度）を添付してください。
◆未完の作品（続きものなど）、他誌との二重投稿作品は受付不可です。
◆原稿は返却いたしませんので、必要な方はコピー等の控えをお取りください。
◆１作品につき、ひとつの封筒でご応募ください。

＜採用のお知らせ＞

◆採用の場合のみ、原稿到着後６カ月以内に編集部よりご連絡いたします。
◆優れた作品は、リンクスロマンスより発行させていただきます。
原稿料は、当社既定の印税でのお支払いになります。
◆選考に関するお電話やメールでのお問い合わせはご遠慮ください。

宛先

〒151-0051
東京都渋谷区千駄ヶ谷４−９−７
株式会社　幻冬舎コミックス
「リンクスロマンス　小説原稿募集」係